DARIA BUNKO

愛寵皇子 -征服王に囚われて-

秋山みち花

ILLUSTRATION 蓮川 愛

JN231197

ILLUSTRATION
蓮川 愛

CONTENTS

この作品はフィクションです。
実在の人物・団体・事件などに一切関係ありません。

愛寵皇子 -征服王に囚われて-

†

甘やかな花の香りが満ちていた。

開け放した扉から時折涼風が吹き込んで、燭台《しょくだい》の灯《あか》りを揺らす。それと同時に耳に達するのは、虫の音と夜鳴き鳥の声だ。

さほど広くない部屋の中央に、寝台が据《す》えられている。

横たわっているのは、白い下衣をまとった麗人だった。しかし無惨にも、薄い胸に鎖が幾重も絡みつき、両手も後ろでひとつに拘束されて自由を奪われている。

血の気の失せた顔は人形のように整っていた。輪郭はもちろんのこと、鼻筋や眉《まゆ》、唇、すべてが申し分なく美しく、艶やかな黒髪が白い頬に乱れかかっている。

繋縛《けばく》の辱めを受けていても、宝玉のように澄んだ青の双眸《そうぼう》には、いまだ強い光が宿っていた。

凛《りん》とした気品も損なわれてはいない。

たとえ虜囚《りょしゅう》の身であろうとも、最後まで矜持《きょうじ》は捨てない。

それだけが、敗残の将、朱侑李《しゅゆうり》の思いだった。

ややあって、帳《とばり》を払い除《の》けて長身の男が姿を見せる。

侑李が眉をひそめるなかで、男は寝台の端にどかりと腰を下ろした。

まとっているのは紺色の絹の夜着。合わせから逞《たくま》しい胸が覗《のぞ》いていた。全身が鋼《はがね》でできているかのように強靱《きょうじん》で、しかもしなやかさを兼ね備えている美丈夫《びじょうふ》だ。

特筆すべきなのは、男の顔と髪の色だった。遥かな西域《せいいき》よりやってきた男は、黄金のように輝く髪を、首の後ろで無造作に結わえている。彫りの深い顔立ちは鐘国《しょうこく》の者とは趣が異なるが、男らしく整っていた。

「思ったとおり、おまえにはその姿がよく似合う」

男はにやりと口角を上げて嘲笑《あざわら》う。

金色の瞳が、まるで獲物を狙っているかのように細められている。

侑李は臆してしまいそうになるのを堪《こら》え、男から視線をそらさず淡々と反論した。

「このような夜更けに虜囚の顔を見にこられるとは、ずいぶんと酔狂なことだ」

余裕があるように見せても、男の力が圧倒的であることは、すでに思い知らされている。

ゆえに、声が震えなかったことだけが幸いだった。

「やれやれだな。相変わらずすげない態度だ。ここは戦場ではない。少しは会話を楽しむ気になれんのか？」

「なんの冗談ですか？　長い時間この格好で放置されていたのだ。私には会話を楽しむ余裕などない。」

いつ極刑になってもおかしくない身だが、過剰な縛《いまし》めは遠慮したい。

けれども男の口から返ってきたのは、思わぬ言葉だった。

「今はまだ拘束を解く気はない。むしろ、拘束されていたほうが、おまえのためだと思うぞ。俺は徹底して楽しむつもりだからな」

からかい気味に言われ、侑李はいやな予感に襲われた。

「何をする……気だ」

「言っただろう。徹底して楽しむつもりだと。おまえの身はすでに俺のもの。どう扱おうと俺の勝手。この美しさ、おおいに愛《め》でてやらねば損だろう」

侑李はぎくりと狼狽《ろうばい》した。

まさか、この男は自分を陵辱する気なのか。

首を刎《は》ねられる覚悟はとっくにできていたが、身体まで穢《けが》されようとは思いもしなかった。

男は迷いもなく手を伸ばしてくる。

侑李はとっさに身を退《ひ》いた。しかし鎖で拘束され、しかも不安定な寝台上では逃げることは叶わない。

「なんの真似だ？　美しい女はいくらでもいるだろう」

「ああ、女なら山ほどいる。だが、おまえほど美しい女はいない」

戦場で大剣を自在に操る無骨《ぶこつ》な手が、剥《む》き出しの首筋を意味ありげになぞり上げる。

びくりと震えそうになり、侑李は息を止めて身体中を緊張させた。

冗談ではないのだろう。男は耳や頬にも触れてくる。

なんとしても、止めなければ。

でも気持ちが焦《あせ》るばかりで、どう説得していいか思いつかない。

やめろと命じることはできなかった。許してほしいと情けを乞《こ》う真似もできない。

迷っているうちに、男の手は下肢《かし》にも伸びてきた。

薄物の下衣の上から中心をそろりと撫でられ、侑李は強く腰をよじった。

上半身は拘束されているが、足は自由に動かせる。

深く曲げた膝に力を入れ、思いきり男の手を振り払った。

「くくくっ、さすがにいい動きだな」

男は堪《こた》えた様子もなく、むしろ上機嫌に笑っている。

「本当に、やめてくれないだろうか。私など抱いても仕方ないだろう。そういう行為は女性となせばよい」

進退窮《きわ》まった侑李は、言葉を選んで頼み込んだ。情けを乞うのはいやだが、哀願《あいがん》するほどではないので許される範囲だろう。

「誰にでもなびく女には興味がない。相手にするなら、おまえがいい。それに、おまえは俺に逆らわないと誓ったはずだが？」

「くっ」

「おまえは俺に一騎打ちを挑み、敗北した」

冷ややかな声が響き、侑李はきつく奥歯を噛みしめて男を睨《にら》んだ。

侑李から出した条件はただひとつ。

——勝利、敗北にかかわらず、麾下《きか》の兵の命を保証してもらいたい。

侑李は己の命をかけて、配下の者たちを助けることを願った。

首尾よく勝てたなら、自分もともに戦場からの帰参《きさん》が叶っただろう。たとえ、惨《みじ》めに叩き伏せられようと、失うのは己の命ひとつ。

そう思っていたのに、男は一騎打ちにさらなる条件をつけてきた。

勝負に負けたら、侑李の身柄は男のものになる。そして、捕虜となっても勝手に自死することは許さないと——。

敵軍に囲まれた状況下では、その条件をのむしかなかった。

幼い頃から鍛錬《たんれん》に励み、剣の腕には多少なりとも自信があった。しかし、男の力は遥か上で、侑李などまったく及ばぬ高みにあったのだ。

敗北を喫《きっ》した侑李は、自死すら叶わぬ虜囚の身となった。

さっさと首を刎ねてほしい。そう願っているのに、この男は自分を使って愉《たの》しむ気でいる。

「私は敗軍の将。あなたに一騎打ちを申し込んで、……負けた。好きなようになさればよい。だが心まで屈したわけじゃないと覚えておかれよ」

侑李は屈辱にまみれつつも、声を絞り出した。

「いい覚悟だ。では、存分に可愛がってやろう」

男は意外にも、ふわりと微笑《ほほえ》む。

きれいな笑みに、思わず目を惹《ひ》かれた。

しかし、男はその隙をつくように馬乗りになる。

両足を開かされた上で体重をかけられれば、ろくに抵抗できない。

最初に白の下衣を引き裂かれ、胸を剥き出しにされた。鎖の拘束はそのままに、男はあらわになった肌に触れてくる。

「男に抱かれたことは？」

男はあらぬことを問いつつ、なんの前触れもなく、いきなり胸の尖りをきゅっと摘《つま》む。

「くっ……」

びりっと走った痛みで、思わず呻《うめ》き声が漏れた。

侑李は奥歯を食い縛って、それ以上声を漏らすのを阻止する。

男は敗軍の将である侑李を、徹底していたぶるつもりだ。

だが、許しを請うような真似はしない。情けをねだるような真似も絶対にしない。

これは矜持と引き替えに、自ら招いた結果だ。ゆえに、何があろうとすべてを受け入れる覚悟だった。

「答えろ。男に抱かれたことは？」

「な、い……っ」

「だろうな。反応がいかにも初《うぶ》だ。鐘国にはおまえを抱こうという強者《つわもの》はいなかったのか。まあ、ひと当てしただけで総崩れになるような臆病者揃いでは、おまえの相手にはならんか」

男は馬鹿にしたように言いながら、無造作に侑李の下衣をつかむ。ばさりと勢いよく裾をめくられ下穿きも取られた。

そして剥き出しになった花芯をいきなり握られる。

「……っ」

思わず腰を浮かした時、男は微妙な力加減で中心を愛撫し始めた。

「俺は鬼ではない。まずは快楽を与えてやろう。幸いにも、おまえの身体は覚えがよさそうだ」

にやりとほくそ笑むように言われ、かっと怒りが湧く。

「そのようなもの、無用だ。あなたの好きなようにすればいい。私はどうなろうとかまわぬ」

侑李は精一杯の虚勢を張って言い捨てた。

男は面白そうに、片眉を上げる。

「心配せずとも、好きなようにするさ。男に抱かれるのがどういうことなのか、ゆっくりとひと晩かけて、おまえの身体に覚え込ませてやる」

不穏な言葉に、底知れぬ恐怖が湧いた。

けれども、快楽の中枢《ちゅうすう》たる花芯はすでに男の手の内だ。

やんわりと刺激を加えられ、侑李の不安が増大した。

死を覚悟した身だ。陵辱されたところで、どうということもない。しっかりと己の気持ちを保って、時が過ぎゆくのを待てばいい。

そう思っていたのに、男はさらなる恥辱を与えようとしている。

だが、なんとしても耐え抜くだけだ。

侑李は新たな覚悟とともに両目を閉じた。

しかし、その決意さえも、男の手管《てくだ》であっさりと崩されていく。

待ち受けていたのは、果てのない快楽という名の拷問だった。

†

「あ、ああ……う、くっ」

夜の静寂に切れ切れの喘《あえ》ぎが響く。

身体中余すところなく、たっぷりと舐め回された。

無骨なはずの手は、えもいわれぬ繊細な動きで、快楽の凝《こご》った場所を暴いていく。その軌跡を追うように、唾液を乗せた舌で舐め尽くされた。

鎖はいまだに解かれておらず、肌に食い込んでいる。両手も後ろで拘束されたまま。破かれた下衣の残骸が鎖に引っかかっているだけという惨めな有様だった。

男の愛撫は全身に及び、もはや暴かれていない場所はない。

「どうした？　気持ちがよければ、素直に声を出せ」

男は横向きの侑李に覆い被さって、過敏になった耳に息を吹き込むように囁《ささや》く。

たったそれだけのことで、侑李はびくりと震えた。

尻の狭間にはすでに、三本の指を食い込まされている。その上、男は空いた手で、ゆるゆると花芯を嬲《なぶ》る。

あちこち巧みに嬲られて堪えることができず、何度も吐精させられた。

すでに精も根も尽き果てているのに、男はまだ満足せず、さらなる愉悦を導き出そうというのだ。

「あぁ、くっ……ふぅ」

侑李は短い呼吸をくり返すだけだった。

男の手と舌が這《は》うたびに、肌がさらに敏感になっていく。身体中が熱く震えてどうしようもなかった。

もうまともに思考することも叶わない。

ただ、この陵辱の時間が終わってくれることを願うだけだ。

「おまえはやはりしぶといな。これだけ嬲ってやっても、許しを請う言葉は吐かないか。いいぞ、それでこそ、もっと楽しめるというもの。もうおまえの中もいい具合に熟《う》れてきた。そろそろ俺のをぶち込んでやろう」

男はそう言いながら、内壁を抉《えぐ》っていた指を引き抜いた。

「あ、ううっ」

そこが弱いと散々思い知らされた場所に、さらなる刺激を受けて、くぐもった嬌声《きょうせい》が漏れる。

男は乱暴に侑李の腰をつかんで、うつ伏せの体勢を取らせた。

両足をしっかりと開かされ、その間に男が腰を進めてくる。

男に向かって腰だけ高く差し出す格好が、どれほど屈辱的か。朦朧《もうろう》となった侑李はもう、それを感じる余裕さえなかった。

「いいか、入れるぞ。しっかり味わえ。俺の形と熱を覚えるんだ」

男は侑李の双丘に手をかけて、傲慢《ごうまん》に宣言する。

指でくいっと狭間を開かれ、蕩《とろ》かされた場所に熱く滾《たぎ》った剛直を宛がわれた。

「あ……」

さしもの侑李も、いよいよ最後まで犯されるとなって身を強《こわ》ばらせる。

しかし男は躊躇《ちゅうちょ》することなく、太くて硬い先端をめり込ませてきた。

「ああっ、あ、くっ、うぅ」

狭い場所を引き裂かれ、堪えようもなく悲鳴が漏れる。

侑李は自分を犯す剛直から少しでも逃げようと、精一杯仰《の》け反《ぞ》った。

けれども、男は簡単に侑李の腰をつかんで引きつける。

「あああっ」

一気に最奥《さいおう》まで串刺しにされた。

狭い場所を限界まで割り広げ、信じられないほど奥まで長大なものに犯されている。

「これで、おまえは完全に俺のものとなったな」

「く……っ」

「さあ、あとは楽しむだけだ。夜が明けるまで、まだたっぷり時間がある。おまえを俺好みに仕込んでやろう。泣いて縋《すが》って、俺を欲しがるまで調教してやる」

男はふざけたことを言いながら、侑李の顎《あご》をつかんだ。

そして強引に後ろを向かせて口づけてくる。

「んんっ、んっ」

熱い舌が滑り込み、たっぷりと吸い上げられる。

逆らう術《すべ》はなかった。せめて舌を噛んでやろうとしても、口中に広がる甘さに負けてしまう。

男に芯まで犯されているのに、中心は熱くなったままだった。

今まで知らなかった悦楽を簡単に引き出され、身体が言うことを聞かない。

鎖はまだ胸に巻きついている。後ろで縛られた手もそのままだ。

なのに、尻だけ掲げて男に犯されている。

ちらりと想像しただけで、屈辱のあまり死んでしまいそうになった。

「見込んだとおり、おまえの身体は極上だ。まだ入れただけなのに、俺のに吸いついてくる。そろそろ動くぞ。呼吸を合わせて、おまえも動け。もっと気持ちよくなれるように、淫《みだ》らに腰を揺らすんだ」

「だ、誰が、そんな真似……っ」

侑李は必死で首を左右に振った。少しでも楔《くさび》から逃れようと、膝に力を入れる。

だが、そんな反応も男の手の内だ。

「いいぞ。そうやって最後まで足掻《あが》け。おまえが逆らえば逆らうほど、屈服させる楽しみが増すからな」

男はいきなり腰を退き、そのあと勢いをつけて最奥まで打ちつける。

「ああっ」

強引な動きに痛みが走る。

それと同時に体内を走り抜けたのは、痺れるような快感だった。

男は自分に屈辱を与えるためだけに、無体《むたい》な真似をしているのだ。

戦場で相まみえ、一騎打ちで刃《やいば》を交えた。

だが、その時侑李の胸にあったのは、圧倒的な力を誇る男への尊敬の念だった。

敵であっても個人的に憎いとは思っていなかった。

けれども今になって、初めて男への憎しみが芽生えてくる。

鐘国と秦羅《しんら》との戦《いくさ》に突如として乱入し、五万の大軍をあっという間に蹴散らした。

男は遥かな西域で誕生したファルミオンという国の王だ。

元奴隷ゆえに「奴隷王」。また、建国より十年と経《た》たずに、世界を征服し尽くしたゆえに「征服王」。そして、情け容赦なく敵を葬り去るゆえに「残虐王」。

他にも様々な呼び名を持ち、今や世界のすべてから恐れられている男は、ファルミオンのレオニダス。

鐘国の皇族である朱侑李は、今や完全にレオニダスの虜囚となっていた。

一

黄土《こうど》高原を埋め尽くしているのは、五万余の兵だった。

派手な房飾りのついた兜《かぶと》の騎馬兵が、二頭の馬で曳《ひ》く重戦車を取り囲み、ゆったり進んでいる。中原《ちゅうげん》一の大国・鐘が誇る戦車部隊千両と一万の騎馬軍団だ。

後ろには鈍色《にびいろ》の鉄鎧《てつよろい》に槍と盾を持った重装歩兵五千が整然と並び、そのさらに後方には、不揃いの武具を携えた平民兵が雲霞《うんか》のごとく蠢《うごめ》いている。

小高い丘の上で、朱侑李はその行軍の様を静かに眺めていた。

細い身体では重装備は負担になる。侑李は胴体と両肩のみを覆う銀色の軽鎧《けいよろい》に籠手《こて》、兜はなしで額当てのみを付けていた。黒髪を後ろでひとつに結わえている。

腰に佩《は》いているのは細めの剣で、軽鎧の下は紫紺《しこん》の胡服《こふく》。同色の肩衣《かたい》を風で翻《ひるがえ》していた。

将軍という地位に就きながらも、装いは地味だ。しかし、よけいな飾りを省いた軍装は、かえって侑李の嫋《たお》やかな美貌を引き立てていた。

敵は西域の騎馬民族が成した国・秦羅である。秦羅人は狩猟と移動式の牧畜、そして略奪を生業《なりわい》とする者が多く、鐘の国土を荒らし回る。長城《ちょうじょう》を越えての侵略は鐘のみならず、歴代王朝でも最大の問題だった。

小規模の追討戦は常に仕掛けており、長城付近では屯田《とんでん》も進められている。

だが今回の遠征は国の威信をかけてのものだった。

目的は秦羅の排除。騎馬民族の国そのものを完膚《かんぷ》無きまでに叩きのめして殲滅《せんめつ》する。そして、秦羅の領土を鐘の一部とする。

こたびの遠征が最初に計画されたのは、十年以上も昔のことだ。

一撃離脱を得意をする騎馬民族に、同数の軍を当てても意味はない。ゆえに、平原を埋め尽くす大軍で圧力をかけていく。

その戦法は間違ってはいない。しかし、大軍の派遣は国の財政、つまりは民の負担となる。

本当にこの遠征は必要なのか。

丘から鐘国軍を見下ろす侑李は、その思いから逃れられずにいた。

風が吹くと、黄色い砂塵《さじん》が舞い上がる。

思わず青い目を眇《すが》めた時、側付きの武官に呼びかけられた。

「侑李様、大将軍閣下が一緒にご休息をと、お呼びでございます」

武官は重々しい鎧《よろい》の音を立てて、地面に片方の膝をつく。

「進軍間際になって休息？　いや、よい。すぐに伺《うかが》おう」

侑李は内心の苛《いら》立《だ》ちを抑え、武官の案内に従った。

こたびの軍には、五人の将軍が立てられている。

そのうち二人が、皇孫《こうそん》という高い身分を有していた。

実際に大軍を率いるのは他の三人の将軍で、侑李ともうひとり、お飾りの将軍には近衛隊千人がつけられているだけだ。

今、侑李を呼んだのは、五人の将軍を統《す》べる老齢の傳《でん》大将軍である。

巨大な天幕の中に入っていくと、大将軍は上機嫌で手招きする。

「侑李様、さ、さ、こちらへお座りくだされ」

陣中ゆえに、身分の上下は問わないことになっていた。それでも、侑李は皇孫という立場。大将軍はさっと腰を浮かせて、侑李を上座《かみざ》へと誘う。

「侑李殿、進軍の様子を眺めておられたのか？」

隣から話しかけてきたのは、従兄《いとこ》に当たる朱清栄《せいえい》。十八の侑李より五歳年長で、同じく太子候補のひとりだ。

華美な軍装に身を包んでいるが、白い顔には不安が貼りついている。侑李の知るところでは、武芸はまったくの苦手。侑李よりひとまわり体格がよいにもかかわらず、ひとりで馬に乗ることもできず、輿《こし》で移動しているくらいだ。

「進軍を見守っておりました。本陣もそろそろ出立《しゅったつ》の準備をする頃合いかと思いますが」

侑李は従兄にそう返しつつ、大将軍の様子を窺《うかが》った。

進軍間際なのに、天幕を片づけるどころか卓子《たくし》には贅沢な料理の皿が並んでいる。酒の用意もしてあって、どういうつもりなのかと気になった。

「大軍の移動には時間がかかるもの。本陣が動くのは三日後ぐらいですな」

「三日後……ですか」

「侑李様、ご不安に思われるかもしれませぬが、こたびの戦は遊んでいても勝ちまする。大船に乗ったつもりで、この傅めにすべてお任せくだされ」

傅大将軍は余裕たっぷりに白い顎髭《あごひげ》を撫でている。

「おお、爺《じい》は百戦錬磨の大将軍であったな。頼もしいことだ」

神経質そうな清栄は、ぱっと明るい顔になった。

爺と呼んで懐いているのは、清栄の実母が大将軍の娘であるからだ。確かに可愛い孫を、しかも至尊《しそん》の座に即く可能性もある大事な孫を、危険な目に遭わせるわけがない。

侑李はほっと息をついて、饗《きょう》された茶に手を伸ばした。

清栄は大将軍に過去の勝ち戦の話をねだっている。大将軍も身振り手振りを交え、大得意で自らの活躍を披露していた。

まるで物見遊山《ものみゆさん》にでも行くかのような様子には、ため息をつくしかない。

この戦に侑李と清栄が参加しているのも、もとはといえば箔《はく》をつけるためだ。

皇帝はすでに老齢に達している。しかし、太子だった侑李の父が毒殺されて以来、その座は空位のままだ。

大勢いる皇族の中で誰が次期皇帝となるか。

宮中では熾烈《しれつ》な争いがくり広げられているのだ。

侑李の父は、太子でありながらも清廉《せいれん》を保った人だったが、権力を我が手にと狙う者からすると、邪魔でしかない。

父が東宮《とうぐう》内で毒殺されたのは十年前。侑李が八歳の時だ。第一子であった兄をはじめ、大勢の臣下も一緒に殺された。侑李が無事だったのは、たまたま母の実家に逗留していたからだ。

太子が暗殺され、その後宮中では争いが激化した。亡き太子の敵《かたき》討ちと称して、敵方と見なされた皇子が討たれ、次にはまたその敵討ちで有力な太子候補が襲われた。その後疑心暗鬼に陥《おちい》った者たちの間で、内戦にまで広がったのだ。

幸か不幸か、侑李が命を長らえたのは、母の実家が下級貴族だったお陰だ。有力な後ろ盾を持たぬゆえに、次期皇帝候補とは見なされなかったのだ。

内戦は八年にも及び、都はすっかり荒廃した。そしてようやく苛烈《かれつ》な後継争いが鎮火したのだ。

とはいっても、まだ太子候補は何人もいる。また水面下で臣たちの争いも続いてはいたが。

血筋には関係なく、自分ひとりの力で生きていく。

同族同士で争う様を冷めた目で見ていた侑李は、武将として生きる道を選んだ。

武術の鍛錬に明け暮れ、戦術を学ぶ。無事に武将となれたなら、辺境の地で国を守る軍に所属するつもりだった。そうして、くだらぬ内戦に巻き込まれることだけは、なんとしても避けとおす。

研鑽《けんさん》を積んだ侑李は、十六歳で国軍に入り、そのあとすぐさま頭角を現した。

どんなに鍛錬を重ねようと、身体の細さは変わらなかった。重い矛《ほこ》や槍を振り回す力はない。だから、得意とする得物《えもの》は剣だ。膂力《りょりょく》で負けるなら、敏捷《びんしょう》さで敵を圧倒すればよい。

努力の甲斐あって、侑李は軍内で徐々に認められていったのだ。

けれども皮肉なことに、国軍に優秀な皇孫ありとの噂が広がり、後継争いの駒にしようとする者たちが近づいてきた。

太子になるつもりはない。

何度口にしようと、欲まみれで近づいてくる者たちは耳を貸さない。

この二年ほどは、そんな呆《あき》れた状態が続いていたのだ。

秦羅への遠征が正式に決まったのは半年前。侑李がその軍に振り分けられることは最初から決められていた。都を留守にすれば、うるさい者たちも諦《あきら》めるはず。

そう楽観していた侑李だが、出発間際になって、突然大将軍が、自分の孫も連れて行くと言い出した。

戦場で大勝利すれば箔がつく。太子候補として、申し分のない力を持つことにもなる。

侑李としては、そんなくだらぬ争いに巻き込まれたくはなかった。

しかし現実として、皇孫が二人も戦場に出向くとなれば、人々の噂も広がる。

――こたびの戦でより大きな手柄を立てた方を太子となさるがよろしかろう。

誰が言い始めたのか、最初は小さな囁きだったものが、しだいに国中の噂となっていく。

都を出た時には、まるでそれが太子となるための条件だと断定までされるほどになっていた。

苦虫を噛み潰したような顔をしたのは、他の候補を推している者たちだ。傅大将軍の手前、今さら他の候補者を軍に押し込むわけにもいかなかったのだろう。

そうして、大将軍の孫である朱清栄が太子に一番近い存在となったのだ。

侑李は、いわば清栄の当て馬。

つまらぬ争いに巻き込まれないよう、身を処していけばよいだけだった。

†

翌日のこと――。

本陣のゆるい動きに業を煮やした侑李は、大将軍の許可を得て遊軍に回った。

ゆっくり進む本隊の横を千の騎馬で駆け抜け、威力偵察を行う。

岩場の多い乾いた平原を、侑李は風のような速度で進んだ。

ある程度距離を稼いだところで、部隊を三つに分ける。

「散開せよ。無理はするな。敵を発見したら様子を窺うのみにて、戻ってこい」

「ははっ」

侑李の命に、副官はよどみなく応《こた》え、すぐさま隊の振り分けを行った。

皇孫という高い身分を有しながらも、侑李は必要以上に偉ぶることがない。平民出身の騎馬兵だろうと、分け隔《へだ》てなく接し、細い身体からは想像がつかないほどの武力も持っている。

そんな侑李だからこそ、部下は皆、心酔《しんすい》している。部隊としての練度も申し分なく、国軍でも最強といわれるまでになっていた。

侑李は真ん中の隊の先頭を走った。

副官の伯《はく》が併走し、三百余の騎馬が怒濤《どとう》のように続く。

雲ひとつなく晴れ渡った空は真っ青で、前方に高山の薄い影が見えてくる。

軽快に馬を走らせていた侑李は、ふと違和感を覚えて手綱《たづな》を引いた。

「前方の様子がおかしいですね」

副官の伯もそう言って、馬を止める。

快晴であるにもかかわらず、遥か前方に黄色い霧が広がっているように見えたのだ。

「なんだ、あれは……」

「私が見てまいります」

「いや、待て。様子がおかしいと思わないか？　黄色い霧など、こんな晴れた日に発生するわけがない。もしやあれは、……あの霧は、敵兵が舞い上げる砂塵……」

侑李の呟《つぶや》きに、副官は顔色を変えた。そして額に手を翳《かざ》し、遠方に目を凝らす。

「侑李様、間違いありません！　あれは、あれは敵軍です！」

背筋に冷たい汗が流れた。

霧の範囲が広すぎる。今はまだ遥か前方のことだが、砂塵で起きた霧は広大な黄土高原を埋め尽くすほどの大きさだ。

いったいどれだけの数の兵がいるのか。

「今少し近づいて、敵軍の規模を調べよう」

「侑李様、危険です。それは我らにお任せを」

「今さら何を言う。私はそなたらを率いる将ぞ。陰から様子を窺うぐらいなら、さほどの危険もないはず」

「承知、いたしました」

副官はすぐさま何名かの精鋭を選び出した。

大人数で近寄っては、かえって気づかれる。ゆえに、侑李と副官以外に、三名を選抜して行動することになった。

「残りはこの場で待機」

短く命じた副官は、自分が先頭に立って馬を進めた。

必要以上に砂塵を撒《ま》き散らさないように、速度はゆるめだ。

伯は平民からの叩き上げだが、三十という若さで副官にまで出世を果たしている。陽に焼けた顔は精悍《せいかん》で、槍を取れば負け知らずという剛《ごう》の者だ。そのうえ統率力に優れ、いざという時の判断にも迷いがない。侑李にとっても頼れる副官だった。

黄色の霧に近づいた五人は、比較的大きな岩の陰で、迫り来る敵を観察した。

まだ距離は遠いが、規模は想像がつく。

「伯……私は目が悪くなったのだろうか。砂煙の中に、あらぬものが見える」

前方に目を凝らした侑李は、呆然と呟いた。

「あれは、……あ、あれは象という生き物だと思います」

「まさか、戦象《せんぞう》か？　何故、こんな場所に……。しかも、いったい何頭いるのだ？」

「わかりません。南方の亜国《あこく》では、戦車の代わりに象を使うとか」

「話には聞いたことがある。しかし、亜国の象が、どうやってここまでやってきたのだ？」

頭の中に地図を思い浮かべた侑李は、ますます疑問にとらわれる。

亜国は南方に突き出た巨大な半島を領土とする国だ。鐘との間には他にも無数の小国が存在するが、拓《ひら》けた道はないに等しかった。複雑に入り組んだ高山と深い谷、急流。そして何よりも、どこまでも続く広大な密林が人の行く手を阻《はば》んでいる。そこには猛獣だけではなく、毒を持つ蛇や恐ろしい鰐《わに》なども生息しているという。

また亜国の北方には、人が踏み込むことを許さない高い山脈が続いている。その山脈を迂回《うかい》してというのも現実的ではなかった。距離がありすぎて、踏破《とうは》するのに何カ月かかるかわからないからだ。

しかし信じられないことに、砂塵の中に戦象の姿があるのは確実。しかも、十や二十どころの騒ぎではない。百か、それ以上。象を取り囲むように、無数の騎馬も進んでいる。

歩兵は遅れているのか確認できなかった。でも騎馬兵だけで一万以上、もしかして二万はいるかもしれない。

「とにかく、ここはいったん引き揚げる。何人か兵を残して、遠巻きに見張らせろ。私はこの異変を知らせるため本陣に戻る」

侑李はそう即断し、馬首《ばしゅ》を返した。

この場で悩んでいても、いいことはない。

秦羅軍など何ほどのこともない。そう侮《あなど》っていたのに、敵の戦力は想像を絶する規模だった。

このまま敵が進んでくれば、いずれ鐘国軍と正面で衝突することになる。

ゆったり進んで数の圧力で寡兵《かへい》を蹴散らす。

そんな悠長なことを言っていられなくなったのだ。

†

本陣に戻り異変を報告すると、すぐさま軍議が執り行われることになった。

天幕の中に顔を揃えたのは、五人の将軍と傳大将軍だ。

「亜国の戦象などと、笑止千万。侑李様は恐ろしさのあまり、夢でもご覧になったのでは？」

一番体格のよい壮年の将軍が、侑李にちらりと目をやりながら腹を揺すって笑う。

皇孫でありながら武将の真似事をしている侑李を、苦々しく思っているのは明らかだった。

「さよう。我が配下の斥候《せっこう》からは、そのような連絡は来ておりません。ここは黄土高原。風が吹けば黄色の砂塵が舞うのは当たり前。厄介なことですが、単に風が強く吹いていただけのことではありませぬか？」

もうひとりの将軍も侑李の報告をまったく信じていない。

「いや、侑李様の見間違いとしても、戦象ならば、相手にとって不足なしですな。我が自慢の重戦車部隊のよい餌になるやもしれませぬ」

三人目は過剰なほどの自信を見せるばかりだ。

侑李は内心で焦りを覚えた。

敵は間近に迫っているのに、その存在さえ認めようとしない。軍議というのは建前で、卓子にはあいかわらず酒器《しゅき》が並べられていた。

そんななかで、清栄がふいに身を乗り出す。

「戦象とは、興味深いですね。ぜひ一度、この目で見てみたいものだ」

「おお、清栄様。では、大将軍のお許しを得られれば、我が軍の戦車に乗ってご覧になりますか？」

「えっ、いいのか？　爺？」

阿《おもね》るように言った将軍に、清栄は喜色《きしょく》を浮かべる。そして、子供が玩具をねだるような甘えた視線を大将軍に向けた。

「さすがに前線では何が起こるかわかりません。清栄様に万一のことあらば、取り返しがつかぬ。まあ、しかしですな、将軍に責任を持って清栄様の安全を図ってもらうということであればよいでしょう。清栄様にもよい経験となりましょうほどに」

「おお、我にお任せくだされ」

戦車部隊を有する将軍は、諸手《もろて》を挙げて咆哮《ほうこう》する。

清栄は有力な太子候補。機嫌をとっておくに限る。内心でそう考えているのだろう。

「戦車には一度乗ってみたかったのだ。もしかして戦象も見られるかもしれぬとは、なんと楽しみな。将軍、よろしく頼むぞ」

清栄は興奮気味に騒いでいる。

明日にも敵とぶつかろうかというのに、この緊張感のなさはどうなのだ。

「皆様、お待ちください。敵軍は間近に迫っております。今は清栄様のことより、戦をどう進めるか、検討していただきたい」

見かねた侑李は、凛とした声を張り上げた。

将軍たちからは、いかにも面白くないといったような視線が向けられる。

侑李は気圧《けお》されることなく言葉を続けた。

「大将軍、話を進めていただけませんか？　どんなに少なく見積もっても、戦象の数は百を超えております。戦象の力は我が国では未知。正面からぶつかるのは避けたほうがよいと思います。戦車で対応が可能でしょうが、味方の損失も必死。この地は広すぎて歩兵を伏せておく場所もありません。少し後退して盆地で敵を迎えてはどうでしょうか。軍を分散してまわりの丘に伏せておけば、敵軍の横腹を突くことも可能です」

侑李は勢い込んで説明した。

しかし、集まった将軍はいやそうな顔をしただけだ。

「天下の鐘国軍に後退せよと仰《おお》せか？　それは承伏できませぬな」

口火を切ったのは、大将軍だった。

続いて他の将軍たちも、口々に文句を言い始める。

「侑李様、皇族であられても、あなた様は末席《まっせき》の将軍に過ぎない。作戦に口を出すのはどうかと思いますぞ」

「さよう。軍のことは我らにお任せくだされ」

「まあまあ、皆様、それぐらいになされよ。侑李様はお若いゆえに、気負っておられるだけでしょうからな」

侑李は唇を噛みしめた。

確かに、自分は大局に口を出せる立場ではない。しかし、危機感の薄さに、いやな予感が抑えきれなかった。

「皆様、今一度お考え直しを。万一のことがあってはなりません」

侑李はさらに言い募《つの》ったが、清栄を除く将軍たちは憮然《ぶぜん》とした顔になっただけだ。

場を収めるために、大将軍が口を出す。

「よろしい。侑李様には、思うままに動いていただくとしましょう。千の兵を預けているのです。どのような無茶をされようと、充分に御身《おんみ》をお守りできるでしょう」

侑李に預けた兵は戦力とは認めない。単に皇孫のお守りをするための護衛である。

そういわれたも同然だった。

「大将軍、自由に動くことを認めてくださってありがたいのですが、主力はこのまま西進《せいしん》するということでしょうか」

侑李は渦巻く怒りを堪えながら食い下がった。

「そのとおりです。勇猛なる鐘の軍が、いるかどうかもわからぬ戦象に怯《おび》えて回避行動を取るなどあってはならぬ。万にひとつ、いや億にひとつも敗北などあり得ぬ。この身が大将軍である限り、誇りをもって堂々と前進するまでですぞ」

力強く言い切った大将軍は、自らの言《げん》に酔っているように見えた。

清栄が次期皇帝となる可能性が限りなく高くなって、自信に満ち溢れているのだろう。

これ以上は何を言っても無駄。となれば、今の立場で少しでも鐘国軍のためになるように動くしかない。

「遊軍として動けとのこと、しかと拝命《はいめい》いたしました」

侑李は短く言って頭を下げた。

嘲笑うような周囲の視線など、もう気にしているどころではない。こうしている間もいやな予感は続いている。杞憂《きゆう》で済めばいいが、万一のことを考えて対処に動くしかなかった。

侑李は将軍たちが集まっていた天幕を出て、すぐに副官の伯と合流した。

「伯、我らは独自に動くこととなった。本隊はこのまま進軍を続ける。力及ばず、将軍たちを説得できなかった。だが、少しでも危険を回避したい。兵たちは私に従ってくれようか？」

「侑李様、ご心配は無用に願います。我が隊は侑李様のご命令に従うのみ。命を惜しむような者はただひとりとしておりません」

跪《ひざまず》いた伯は簡潔に答える。

侑李はじわりと胸が熱くなった。

まだ実績を示したわけでもないのに、信頼されていることが純粋に嬉しかった。

ならば、鐘国のために、この者たちとどこまでも駆けるだけだ。

†

侑李は配下を率いて本隊から離脱した。

正面衝突が避けられぬなら、側面を突くしかない。それで敵の数を多少なりとも削り、伏兵《ふくへい》ありと警戒させて進軍の勢いを削ぐのが目的だ。

大軍に寡兵でぶつかるのは無謀な作戦だが、敵軍の中を駆け抜けるだけなら勝機はある。

「皆の者、聞け！　戦象部隊はやり過ごせ。敵軍が縦に伸びきったところを狙って分断させる。よいか、勢いをつけて駆け抜けろ。我らは寡兵。欲張って敵を屠《ほふ》る必要はない。命は粗末にするな。敵軍の中に取り残されればお終《しま》いだ。必死についてこい」

侑李は馬上で配下の者を振り返った。

剣を高く掲げると、「うおおぉぉ――っ」と怒号が上がる。

斥候からは、敵軍の先頭が二百余の戦象部隊だと報告があった。その左右と後方に一万近くの騎馬軍が続いている。軍装は様々で秦羅だけの軍とは思えぬが、恐ろしいほどの連携を見せており、油断できぬとの話だった。

念のため本陣にも知らせたが、作戦の変更はない。あくまで正面から敵に対するという。もはや悩んでいる暇はない。敵はすぐそこに迫っている。あとは己を信じて突き進むしかなかった。

ほどなくして、両軍が激突する。

戦象が二百余。対して戦車は千両。しかし、鐘国軍は戦象の巨大さに圧倒され、なす術もなく陣形を崩された。自慢の戦車が次々と象に潰されていく。鐘国では見たこともない巨大な猛獣は、恐怖の的でしかなかった。怯えた馬を宥《なだ》めている間に、象が体当たりしてくる。戦車はあっけなく潰され、弓と槍を持った兵たちが吹き飛ばされた。

大地に転がった戦車と怯えた馬は、騎馬兵の動きを阻害《そがい》する。象は平気で戦車の残骸を踏み潰していくのに、鐘の騎馬兵は狭い場所で右往左往《うおうさおう》するだけだ。

戦車から放り出され命があった者は、悲鳴を上げて逃げ惑う。恐怖はすぐさま後方に伝播《でんぱ》して、主力の歩兵部隊がいっせいに逃げ出した。

部隊を指揮する者が怒鳴り声を上げても、恐怖に勝《まさ》るものはない。

戦象の一撃によって、鐘国軍の主力はあっけなく瓦解《がかい》したのだ。

侑李が後方の有様に気づく余裕はなかった。

戦象部隊をやり過ごし、敵軍が縦長に伸びたところを狙って進発を命じた。

「行くぞ！」

「おお――っ！」

侑李は先頭を切って敵軍に駆け込んだ。

副官の伯が併走している。

たった千の寡兵で敵軍の本隊に突っ込むなど、無謀な試みだ。しかし、命を惜しんでなどいられなかった。

迫り来る敵の騎馬兵を左右に剣を振りつつ屠っていく。止《とど》めはささず、前に進むことだけに専念した。

横では伯が槍を自在に操って、侑李の倍の敵を倒している。あとに続く者たちも決死の覚悟で奮闘していた。

少しでも進む速度が落ちれば、敵軍に囲まれて全滅だ。無謀な策についてきてくれた者たちのためにも、なんとしても敵を分断しなければならなかった。

敵軍の圧力が増し、あたりは阿鼻叫喚《あびきょうかん》の地獄となる。血飛沫《ちしぶき》が舞うなか、あとほんの少しで突き抜けるとなった時、ふいに敵軍の動きに変化があった。

角笛が吹き鳴らされると、敵兵は何故か侑李の隊からさあっと離れていく。

おかしい。

そう感じつつも、馬の速度をゆるめるわけにはいかない。

頼もしい副官はしっかりと併走しており、後続もついてくる。

だが、出口だったはずの場所に、いつの間にか敵が増えていた。

はっと気づいた時には、侑李の部隊は敵軍のまっただ中に取り残される形になったのだ。

何故だか、敵兵は誰も仕掛けてこない。適切な距離を開け、遠巻きに取り囲んでいるだけだ。

「伯、どうやらここまでのようだな」

「力及ばず申し訳ございません」

「そなたが謝る必要はない。無謀な策を立てたのは私だ。ところで鐘国軍の本隊がどうなったか、わかるか？」

侑李は不思議な静寂の中で、伯に状況を確認した。

後続の者たちは、馬を止めた侑李を敵から守るように集まってくる。

敵兵に囲まれているというのに、さほど恐怖は感じなかった。すでに感覚が麻痺しているのかもしれない。

「戦象が戻ってきているようです。鐘の本隊もおそらく敗走したものかと……」

遠慮がちに言った伯に、侑李は唇を噛みしめた。

やはり、こうなってしまったかと、忸怩《じくじ》たる思いが溢れてくる。

「皆、すまぬ。私の我が儘《まま》につき合わせてしまった」

侑李はまわりの兵たちに聞こえるように、はっきりと謝罪した。

「侑李様、我らはどこまでも侑李様について行くのみ！　なのに、このような仕儀《しぎ》となって、この場で我が胸を貫いても許されない」

「そうです！　侑李様に落ち度などあろうはずもない！」

「侑李様、こうなったからには、我ら死兵となろうとも、侑李様を安全な場所までお連れしましょうぞ！」

侑李を責める声はどこにもなかった。皆が真剣な目で食い入るように見つめてくる。

死んでもいいから、突破しろ！

皆、侑李の命を待ち受けているのみだ。

数はすでに八百を切っているだろう。すべて自分の責任なのに、誰も責めようとしない。

熱い涙がこぼれそうになり、侑李はさらに強く唇を噛みしめた。

なんとかこの窮地を脱する道はないものか。

遠巻きになった敵兵を眺めながら、それだけを真剣に考える。

だが、事態は思わぬ方角から動くことになったのだ。

敵軍がさっと二手に分かれ、その間からゆったりと進んでくる騎馬があった。

侑李は目を瞠《みは》った。

真っ白な馬に跨《また》がる男は、手綱に手をかけていない。長い槍を肩に担いでいるが、戦意というものがまったく感じられなかった。

鍛え上げた長身に、白銀の鎧をつけている。侑李と同じく兜はなし。まだ若い男は、精悍に整った顔をさらし、にこやかな笑みさえ浮かべていた。

陽射しを受けて、肩を覆う金色の髪が眩《まぶ》しいほどに輝いている。

秦羅人ではない。おそらくもっと西の国の生まれだ。

男はのんびりとした様子で馬を寄せてくる。

周囲の者が誰も男を止めようとしないところを見ると、一軍の将だろう。

秦羅が要請した援軍か。もしかして、戦象もこの男が連れてきた？　いや、男は亜国の人間にも見えない。

侑李がそんな疑問に駆られている間に、男はますます近づいてくる。

あまりの無警戒さに、誰もがあっけに取られるだけだった。

「おい、この隊を率いているのは誰だ？　敵ながらあっぱれな動きだったぞ」

男の口から漏れたのは、意外にも流暢《りゅうちょう》な鐘国語だった。

「私が将だ」

侑李はそう名乗って前に出ようとしたが、すかさず伯に止められる。

「侑李様、危険です。お下がりください」

伯は短く言って、男に槍を向けた。

だが、男は肩に掲げた槍を下ろそうともしない。伯の実力は感じ取れただろうに、相変わらず敵意さえ向けてこない。

「ほお、鐘国軍は娘も戦場に出るか。しかも大の男どもは壊走《かいそう》したというのにな」

嘲《あざけ》るように言われ、侑李はむっとなった。

華奢《きゃしゃ》な体格ゆえに侮られたのだ。さして珍しいことでもなく、むしろ女のようだと言われ慣れてもいたが、何故か無性に腹立たしかった。

「私は女ではない」

侑李は冷ややかな声とともに、馬を前に進めた。

「侑李様、お待ちください！」

「いい。そなたは下がれ。私が相手をする」

すかさず止めに入った伯を黙らせ、静かに男の前に出る。

「侑李様！」

伯は必死に声を上げたが、侑李は聞く耳を持たなかった。

男は、そんな様子を面白そうに眺めている。

「女ではない、か……。くくくっ、しかし、女より美しいな。戦場にはまったく似合わぬ」

「愚弄《ぐろう》するな！　それ以上、ひと言でもふざけたことを言うなら、この剣で黙らせるぞ」

煽《あお》られた侑李は、すうっと剣を突き出した。

そこまでしても、男は無防備なままで笑っている。

「なるほど、腕に覚えもあるのか。まあ、そうでなければ、我が軍のど真ん中をぶち抜こうなどと、無謀なことは考えまい。名は？」

「朱侑李。この隊の将だ」

「シュ・ユウリ？　うん、なかなかよい響きだ。気に入った」

侑李は眉をひそめた。

この男のふざけた態度は、侑李をさらに苛立たせる。

「そちらは？　名乗らないのか？」

「おお、すまぬ。おまえの美貌に目が眩《くら》んで名乗るのを忘れていた」

「貴様！」

瞬時に怒りの声を上げたのは伯だ。

しかし侑李は、飛び出してきそうな伯を手で制した。

男はその様子を眺めながら、ふいに真面目な顔つきになった。

「俺はファルミオンの王レオニダス。秦羅からの援軍要請に応えて、この軍を率いている」

「！」

あっさり明かされた身分に、侑李は目を見開いた。

ファルミオンなどという国は知らない。

だが、男の言葉に偽りはないだろう。

亜国の戦象を引き連れ、いきなり黄土高原に現れた大軍の主。それがこの男なのだ。

「言っておくが、鐘国軍は無様《ぶざま》に敗走したぞ。これからゆっくり追い上げて殲滅するところだ」

ファルミオンの王レオニダスは、面白くもなさそうに言う。

「敗走……」

薄々わかっていたことだが、はっきりとそう知らされて胸が痛かった。

いったいどれほどの兵が犠牲になったのだろう。

戦車部隊と出撃した清栄は、それに将軍たちはどうしたのだろうか。

「おまえたちの軍は遊びで戦をやっているようだな。斥候すら出さず、古臭い戦車で待ち構えているだけとは、呆れ果てたわ。象の勢いがどんなものか、試しに正面から当ててみたが、蟻《あり》を踏み潰すほうがまだましといったところだ」

嘲るように吐き捨てられても、返す言葉がなかった。

鐘国軍では戦象の恐ろしさを誰も把握しておらず、その存在さえ否定していた。数を頼むだけで、作戦と呼べるものさえ立てていなかったのだ。

侑李は金色に光る瞳をじっと見つめ、静かに問うた。

「レオニダス殿、お訊《き》きしたい。どうして戦いの手を止められたのか？」

レオニダスが指揮する混成軍は、侑李の隊の二十倍以上はいる。なのに取り囲んだだけで、いっこうに仕掛けてこない。

「ふむ、どうしたものか」

レオニダスは顎に手を当てて、にやりと口角を上げた。そして、まるで値踏みでもするかのように侑李を眺めている。

「我々を捕虜にするつもりか？」

「いや、あいにくだが、使えない者を大勢留めておく余裕はない。象の食い扶持《ぶち》を確保するだけで大変だからな。捕虜に食わせる食糧もないわけだ」

面白そうに説明するレオニダスに、侑李はすうっと顔色をなくした。

勝敗はすでに決している。ここで運よく目の前の男を倒せたとしても、大軍の中ではもはや生き残る道はなかった。本隊が敗走したなら、援軍も当てにできない。

自身の命を惜しむ気はないが、配下の兵は別だ。無謀な作戦にも臆することなくついてきてくれた者たちだ。できることなら生かしてやりたいと思う。

けれども、レオニダスは、捕虜さえ無用だという。

なんとか、兵たちを生き残らせる道はないものか。

侑李は必死に考えた。

「私の名はすでに伝えたが、身分はまだ明かしていなかったな」

静かに告げると、レオニダスが訝《いぶか》しげに金色の目を細める。

「身分？　おまえがこの隊を率いる将だろう。それ以外に何かあるのか？」

「私は朱侑李」

そこまで言った時だった。

「なりませぬ、侑李様！」

それまで成り行きを見守っていた伯が大きく制止の声を上げた。

「伯、控えていろ」

「しかし」

「口を出すな」

侑李は強く言い聞かせ、レオニダスに向き直った。

「異国の方には馴染《なじ》みがないようだが、朱の名を持つ私は皇族。太子候補だ。捕虜としての価値は充分にあるはず。あなたには慈悲を乞いたい。私を捕らえ、配下の兵は見逃してもらえぬか？」

一気に言い放つと、レオニダスは面白そうに片眉を上げてみせる。

「おまえには見た目以上の価値があると、そう言いたいのか？」

馬鹿にするように問われ、侑李はこくりと頷《うなず》いた。

「そのとおりです」

答えたとたん、レオニダスが高笑いを始める。

さしもの侑李もこれにはむっとなった。

皇孫など、この男にとってはなんの意味もなさない。それを思い知らされる。

だが、まだ望みを捨てるわけにはいかない。兵の命だけはなんとしても助けたい。

「失礼した。私の見込み違いだったようだ。あなたは皇族を捕虜とすることに興味がない。そうであれば、同じ武人としてお願いしたいことがある」

懸命に平静を保ちつつ、そう口にする。

意外にもレオニダスはすぐに哄笑《こうしょう》をやめて、真面目な顔つきになる。

「同じ武人としてか、なるほど……。で、いったい何が望みだ？」

端的に問い返されて、侑李は刺すように金の瞳を見つめた。

そして、するりと馬から下りて、男の前まで歩く。

「侑李様！」

背後で伯も慌ただしく馬から飛び下りた気配がするが、侑李はレオニダスから目を離さなかった。

「あなたに一騎打ちを申し込みたい。受けてもらえぬか」

「はあ？　一騎打ちだと？　おまえが？　俺と？」

レオニダスは大仰《おおぎょう》に驚いてみせる。

細身の侑李を完全に格下と見て侮っているのだ。

「侑李様！　一騎打ちなら、ぜひとも俺にお命じください！」

伯が背後で叫んでいるが、それでも侑李は静かにレオニダスを見つめ続けた。

「どうやら本気のようだな」

「もちろんだ。私をずいぶんと侮っておいでのようだが、それなりに力はあるつもりだ」

「言うではないか。いいぜ。おまえのその勇気に免じて、一騎打ち受けてやろう」

あっさり応じたレオニダスに、侑李は息をのんだ。

「本当に、よいのか?」

「ああ、遠路遥々《えんろはるばる》出張ってきたというのに、鐘国軍には目立った剛の者もいなかったからな。余興ぐらいにはなるだろう。で、おまえのほうの条件は?」

意外な成り行きに、侑李は呆然となっていたが、すぐに我に返った。

せっかくやる気になってくれたのだ。この好機を逃すわけにはいかない。

「どちらが勝利しても、我が配下は見逃してもらいたい」

「ほお、大きく出たな。おまえが負けても見逃せというのか?」

「そうだ。国が違えば一騎打ちの作法も異なるだろう。しかし、同じ武人として配下の助命をお願いしたい。私が勝てば、配下もろともここから立ち去る。そして私が負けたとしても、配下の者の命は取らぬと約束してほしい」

この状況下でずうずうしい願いだとは思うが、侑李は一気に頼み込んだ。

「いいだろう。しかし、こちらからも条件がある。まずは勝敗のつけ方だ。おまえが俺に一撃でも入れられたなら、おまえの勝ちでいい。配下とともにここから立ち去れ」

「一撃だけだと？」

「ああ、おまえのその剣が、俺にかすり傷ひとつでも負わせることができたなら、全員見逃してやろうというのだ」

レオニダスは自信たっぷりに言う。

甘く見られているのは承知だが、この言い草にはさすがに怒りが湧いた。

「寛大な条件だな。礼を言おう」

「礼はどうかな。それに、ふたつ目の条件を言っていない。おまえが手も足も出なかったなら、おまえの身柄を俺のものとする」

「私を捕虜にするということか？」

「ああ、そうだ。おまえの身体、そして命も俺のものとする。勝手に死ぬことは許さん」

「わかった」

侑李は口元をゆるめた。

レオニダスが何故そんな条件をつけたのか理解できない。

けれども、そんなことはこの際どうでもよかった。

どのみち一騎打ちで負ければ、命はないのだ。

一風変わった異国の王・レオニダスの力量は、どう見ても自分より上。だが、敵が自分を弱者と侮っているなら勝機は充分にある。何故なら、レオニダスが出した勝利の条件、それが命取りとなるからだ。

かすり傷を負わせれば、自分の勝ち。

ここは甘く見られたことを喜び、敵に一撃を加えることだけに集中すればいい。

「おい、誰か剣を貸せ」

レオニダスはひらりと馬から飛び下りて言う。

すかさず配下の者が自分の剣を腰から外して駆け寄っていく。

侑李はゆっくり自軍を振り返った。

「どうか、お願いです、侑李様。俺にお命じください。何も侑李様がご自分で一騎打ちなどなさらずとも」

侑李は必死に食い下がる伯を手で制した。

「くどいぞ、伯。それより皆に命じる。一騎打ちの条件は聞いたな？　そなたたちは勝負を見届けたあと、鐘国軍へ戻れ。私が死んだとしても、遺体を持ち帰る必要はない。また、言うまでもないが、一騎打ちを受けてくれたレオニダス王に仇《あだ》なすような真似もするな。これは命令である。よいな？」

凛とした声で命じると、伯は拳《こぶし》を震わせながら、ぎりりと奥歯を噛みしめる。

そして何人もの配下が堪え切れぬように嗚咽《おえつ》を上げた。

「馬鹿者、こんなところで涙を見せるな。私は負けるつもりはない。絶対に勝利する。そなたたちも私を信じろ」

侑李がそう言い切ると、兵たちがいっせいに雄叫《おたけ》びを上げる。

それぞれが得物を天に突き上げて、顔中を涙でぐしゃぐしゃにしながら叫んでいた。

ゆっくりレオニダスに向き直ると、取り囲んでいた敵軍が円を描くように離れていく。

風が吹いて砂塵が巻き上がるなかで、侑李は静かに剣を構えた。

レオニダスは挑発のつもりか、重い鎧を取り去って上半身を剥き出しにする。

巨躯《きょく》というほどではないが、鋼のような強靱さを感じさせる肉体だ。

ところどころに古い傷跡が見えるが、侑李はそれさえも美しいと感じた。

いくら鍛えても、自分は細いばかりで、こんなふうな力強さには恵まれなかった。

しかし、だからこそ、簡単に負けるわけにはいかない。

この男に傷をつけ、堂々とここから出ていく。

敗走中の鐘国軍に合流できたら、今度こそ遠慮などしない。これで戦が終わるなら、それでよし。再戦を目論《もくろ》むつもりなら、鐘国軍を根底から建て直す必要がある。

今さらだが、太子候補という立場が役に立つなら、それも武器として堂々と意見を言うつもりだ。今までの自分は常に一歩退いた場所から眺めているだけだった。けれど、命を長らえることができたなら、この先は自分から率先して動く。

レオニダスは侑李に合わせ、槍から大剣へと得物を替えていた。しかし、右手に持った大剣をだらりと下げているだけで、構える素振りすらない。

一撃を入れるだけでいい。だが、ふざけた態度なのに、レオニダスにはまったくと言ってよいほど隙がなかった。

互いに睨み合っていると、額に汗が滲《にじ》む。

深手を負わせる必要はない。剣先が肌を掠《かす》めれば、こちらの勝ち。

「はああ――っ！」

侑李は剣を振り上げ一気に前進した。

最初から防御を捨てて敵の間合いに達する。

一閃《せん》、二閃、三閃と連続して攻撃するが、どれも簡単に撥《は》ね返された。

あれだけ無防備に見えたのに、恐ろしいほどの反応速度だ。

侑李はいったん後ろに飛び退《の》いて、再び剣を正眼《せいがん》に構えた。

馬上では槍を持っていたのに、大剣の扱いも神がかっている。

正直これほどの手練《てだ》れと対したことは一度もなかった。

いくら命を捨てていると言っても、背中に冷や汗が伝う。

まともにやり合っても無駄。ならば、敵の意表をつくしかない。ようは驚かせればいいのだ。

ふと思いついた攻撃法に、侑李は自然と頬をゆるめた。

「なかなかの腕だな。膂力に劣る分、身のこなしが速い。ずいぶん鍛錬を積んだとみえて、攻

撃に対する反応もいい」

「それは、どうも」

レオニダスに手放しで賞賛され、一瞬だが喜びが込み上げた。

今までこれほどの実力者と剣を交えることなどなかった。だから、すべての攻撃をあっさり撥ね除けられているにもかかわらず、気持ちが高揚する。

侑李は愚直《ぐちょく》に速い攻撃をくり返した。

敵の攻撃をさっと躱《かわ》しつつ、何度も連続して剣を振るう。

あたりには剣がぶつかる音だけが高く響いていた。

七回、八回、……十回。少しずつ切り込む角度を変えてレオニダスに迫る。

だが、侑李の剣はどうしても届かない。ほんの少し肌を掠めるだけでいいのに、ことごとく返されてしまう。

そして十一回目。

「はああっ！」

侑李はいっそうの気合いを込めてレオニダスに迫った。

「無駄だ。そろそろ負けを認めたらどうだ？」

「認めない！」

叫んだせつな、侑李は持っていた剣を放り出した。

「な、何っ？」

驚きの声が耳に達した瞬間、全力でレオニダスの利き腕に飛びついた。

非力でもかまわない。一点に集中して全体重をかける。

さしものレオニダスも体勢をぐらつかせ、侑李はさらに勢いをつけてしがみついた。

「くっ！」

侑李はぐいっと手首をつかまれた。

だが、その隙をとらえ、とうとうレオニダスを地面に押し倒すことに成功する。

「味な真似をする。しかし、身体ひとつで戦うのは、俺がもっとも得意とするところだ」

レオニダスは侑李の腕を押さえ、勝ち誇ったように言う。

「勝負になるとは、……最初から、思って、ないっ」

侑李はのしかかった体勢のまま、切れ切れに答えた。

つかんだレオニダスの右腕は死んでも離さない。

両刃《もろは》の大剣がふたりの身体に挟まれた形となっている。その剥き出しの刃に自ら身体を押しつけるように圧力を増していった。

自分の身が傷つくのは織り込み済み。むしろ刃を食い込ませたほうが、押さえが増す。

たとえ深手を負ったとしても、大剣はレオニダスの肌にも食い込む。

命を懸けて、いや、命を捨てて、勝ちを拾いにいく作戦だった。

「なんてことをしやがる！」

レオニダスは恐ろしい咆吼を上げた。

金の瞳が怒りでぎらついている。侑李はとうとうレオニダスの本気を引き出すことに成功したのだ。

しかし、あと少しというところで、侑李はまったく動くことができなくなった。

レオニダスの大剣は、侑李の喉を掻き切る位置にある。なのに、白い喉から血が噴き出すことはなかった。

レオニダスはすぐに冷静さを取り戻し、空いた手で侑李の身体をやすやすと引き剥がす。

「くっ！」

呻《うめ》き声を漏らしながら、必死に抵抗するが、千載一遇《せんざいいちぐう》の機会をものにできなかった時点で勝負はついていた。

どんなに悔しくとも、レオニダスの膂力には敵《かな》わない。自ら捨てた剣を再び手にしようとしたが、それもレオニダスがすかさず遠くまで蹴り飛ばす。

すべての攻撃を封じられ、侑李は何もなせなくなった。

「俺の勝ちだな」

レオニダスはゆっくり立ち上がり、両膝をついた侑李の首の後ろに大剣の刃を宛がう。

「私の負けです。……レオニダス陛下、配下の者たちを逃がすという約束、守ってくださるよ

う お願いします」

侑李は静かに言って、両目を閉じた。

十八年生きてきて、何も成し得なかった。

それを悔しく思うが、すでに諦めはついている。

ここで敵の大将に首を落とされるのが天運だったのだろう。

だが、いつまで経っても、なんの痛みも感じない。

不思議に思って目を開けると、レオニダスが満面に笑みを浮かべながら覗き込んでいた。

「殊勝な顔をして見せても駄目だ。約束は守る。おまえの配下は無傷で追い払ってやろう。だから、おまえも約束を守れ」

「どういう、ことですか？」

「忘れたのか？　おまえの命は俺のもの。首を刎ねられる覚悟を決めていたようだが、思い違いもいいところだ。勝手に死ぬのは許さん」

「でも、私は負けたのに」

「ああ、おまえは俺との勝負に負けた。俺は無傷。おまえの刃は届かなかった」

レオニダスはその事実を思い知らせるように、身体を見せつける。

肌には無数の傷跡が残っているが、それはすべて古いものだ。捨て身でかかったにもかかわらず、新しい傷はひとつも負わせられなかったのだ。

侑李は我知らず、深く息を吐いた。

そして急におかしくなって、笑みを浮かべる。

レオニダスを見上げると、何故か気圧されたように息をのんでいる。

「ここに来て泣き喚いたりしないのは、さすがといったところか。まあいい。長居をしすぎた。引き揚げるぞ。貝を鳴らせ」

レオニダスはそう言いながら、くるりと背を向ける。

侑李の視線の先には、自ら捨てた剣があった。

生き恥をさらすぐらいなら、ここで自裁《じさい》したほうがまし。

そんな誘惑に駆られるが、それをぐっと堪える。

レオニダスは条件を守ってくれる気でいる。なのに自分だけ勝手な真似はできなかった。

ゆっくり立ち上がると、鐘の配下がどっと駆け寄ってくる。

「侑李様！」

「侑李様、お怪我《けが》は？」

大の男たちが皆、滂沱《ぼうだ》と涙を流している。

「私はこのとおり無事だ。ファルミオンのレオニダス王には感謝しよう。いいか。私とレオニダス王は武人同士で一騎打ちをした。潔く敗北を受け入れるのも、また武人としての道。幸いそなたたちの命は保証してもらった。皆で鐘国軍に帰投せよ。そして今後も鐘国の民のために尽くしてほしい」

「侑李様！　ここに侑李様おひとりを残していくわけには。何卒《なにとぞ》、お供をお命じください。せめて、俺ひとりだけでも！」

伯は必死の形相で言い募る。

けれども、侑李はゆるく首を左右に振った。

「それはできぬ。捕虜となるのは私ひとり。そなたたちは鐘国へ帰れ。伯、今までよく私を支えてくれた。感謝している。皆のことを頼んだぞ」

それだけを伝えると、伯はぐっと歯を食い縛って黙り込む。

いくら反対しようと、侑李の決意が揺らがないことをわかっているのだ。

「さあ、そなたたちはもう行け」

侑李は皆の顔に、順番に視線を巡らせ、そのあとしっかりとした足取りで歩き出した。

「侑李様！」

「侑李様ぁぁ――っ」

自分の名を呼ぶ声が悲鳴のように重なる。

それでも侑李は振り返らずに、ファルミオン軍のレオニダスを目指して歩き続けた。

五万の鐘国軍を最初の一撃で蹴散らしたファルミオン、秦羅、亜国の混成軍は、驚くべき速さで黄土高原を駆けていた。

二

隊列はお世辞にも整っているとはいえない。隊を預かる将兵が馬を飛ばし、歩兵たちが死に物狂いであとを追う。鐘国のような戦車は存在せず、糧食などを運ぶ輜重《しちょう》隊も異常な速さで続いていた。

鐘国軍が十日以上かける道のりを、混成軍はたった二日で移動するという。

そして、この信じられない速さは、主に先頭を駆ける男のせいだった。

王自らが出陣するなど、鐘国では考えられない。至尊の身に万一のことがあれば、取り返しがつかないからだ。

それなのにファルミオンのレオニダス王は、自ら馬を駆って全軍を指揮する。

いや、指揮というよりも、王が勝手に先頭を駆けるので、他の者たちも全力でついていくしかないと、そんなふうに思えた。

侑李はその王とともに馬に乗せられていた。

捕虜を運ぶ檻車《かんしゃ》など最初から存在しない。では、縄を打って自ら歩かせるのかとなると、この混成軍に関しては、そんな悠長なことをしている暇はないといったところなのだろう。

それなら末端の騎馬兵に運ばせればいいだろうに、レオニダスはそれさえ無駄だと否定した。

いくら細身とはいえ、ひとり余分に乗せて尚《なお》、速度を維持できる馬は少ない。レオニダスの愛馬のみが実行できるという簡単な理由だ。

それなら馬を貸してほしい。

侑李はそう申し出てみたが、さすがに許されなかった。

命はもうないものと思っている。今さら逃げようなどとは思っていない。

しかし、そんなふうに心中を告げてみても仕方がないのはわかっていた。

他人の馬で後ろから抱かれる状態で運ばれる。

非常に屈辱的だが、それも敗者に与えられるものだとすれば、文句も言えなかった。

「この黄土高原という場所はなかなか興味深いな」

レオニダスは片方の手で軽く侑李の腰を抱きながら、のんびりした声を出す。

黄土高原の名が示すとおり、砂礫《されき》混じりの土は黄色みを帯びている。広大な高原には草一本生えていない砂漠も存在するというが、混成軍は中間を抜けるように駆けていた。

蒼穹《そうきゅう》の下、走り続けているうちに、奇岩がごろごろ転がる岩山地帯に出る。植生《しょくせい》も侑李の知るものとは大きく違い、珍しい景色に目を奪われた。

「おまえの国もこんなふうか？」

侑李はろくに返事をしなかったが、レオニダスはまったく気にせずに続ける。

「鐘国も広大ですから、景観の美しい場所は多いと思います。私自身は皇都から長城までしか知りませんが」

根負けした侑李はため息混じりで答えた。

意地で無言をとおすことに意味はない。

相手は敵だが、言動のすべてを否定するつもりもなかった。

「なるほど、やはり深窓育ちの姫君というわけか」

からかい気味に言われ、侑李は思わずむっとなった。

「私は皇都で生まれ皇都で育ったというだけの話です。色々なところを知っているのは商人ぐらいでしょう」

「ほお、気分を害したか。あまりにも素直に言いなりになっているので、心を折られてしまったかと思ったが。言い返してくる元気は残っていたようだな」

侑李はさらにむっとして言い返そうとしたが、すんでのところで抑える。

この男は自分をからかって楽しもうとしているだけだ。

「レオニダス王、あなたはどうなのですか？　ファルミオンという国では、親征はよくあることなのですか？」

侑李はさらりと話題を変えた。

「さあな。歴代の王がどうだったかなど、俺は知らん」

「どうしてですか？」

「俺の噂、さすがに鐘国までは届いていないか。秦羅や亜国の者は知っていたがな」

「噂？」

侑李はふと興味を引かれて問い返した。

「俺は奴隷上がりだ」

「えっ？」

思わず息を止めると、背後でレオニダスがくくくっと忍び笑いを漏らす。

「ファルミオンの奴隷王。俺をそう呼ぶ者は多い」

「私をからかっているのですか」

侑李は憮然と口にした。

しかしレオニダスの笑い声はまだ続いている。

「くくくっ、気持ちはわかるが、俺が奴隷だったのは事実だ。俺を産んだ母親もまた奴隷。父親が誰かは知らん」

さして恥じるふうでもなく言い切ったレオニダスに、侑李は呆然となった。

まさか、本当の話なのか？

しかし、簡単には信じられない。

鐘国にも奴婢《ぬひ》はいる。罪を犯した者は身分を剥奪《はくだつ》され、鉱山送りになるか、最下層の忌《い》み嫌われる仕事に従事させられる。そして奴婢の子もまた奴婢として扱われるのだ。

しかし、その奴婢が王に成り上がるなど、到底信じられる話ではなかった。

「ま、自慢にもならん。それに、おまえが俺をどう思おうがおまえの勝手だ」

笑い終えたレオニダスは、そう吐き捨てて愛馬の速度を上げた。

†

一日中馬を走らせて、ようやく夜営《やえい》の時間となる。

輜重隊が素早く天幕を張って、あちこちで煮炊き用の火が熾《おこ》された。

侑李はここでもさらに驚くこととなった。

馬から下りたからには拘束されると思ったのだが、それも裏切られたのだ。

「私を縛っておかなくてよいのか？」

「逃げるつもりか？　まあ無駄だからやめておけ」

レオニダスはなんでもないように軽くあしらう。

即席の竈《かまど》に大きな鉄鍋がかけられて、まわりでは串に刺した肉を焼いている。

レオニダスは部下が差し出した床几《しょうぎ》に腰を下ろし、侑李にも隣に座るよう命じた。

「陛下、肉が焼けました。どうぞ」

そう言って焼けた肉を差し出したのは、どう見ても秦羅の下級の兵だ。

レオニダスはなんの警戒もなく受け取っている。

鐘国では考えられない気安さに、侑李は呆れるしかなかった。

一国の王が異国の平民とともに食事をする。しかも、毒味をする様子もない。

本当にこの男はファルミオンの王なのか？

侑李は狐に化かされたような心地だった。

「そら、おまえも食え」

「あ、はい」

すっと差し出された串を思わず受け取ってしまう。

あまりにも常軌を逸《いっ》したやりように、自分が捕虜であることを忘れてしまいそうだった。

口に運ぶと、噛み切るのも苦労するような固い肉だ。

でも不思議なことに、侑李は美味《おい》しいと感じていた。

素朴な木の椀に注がれた羹《あつもの》も、身体中に染み渡る。

「陛下、馬乳酒《ばにゅうしゅ》をどうぞ」

「馬乳酒か。最初は癖が強すぎると思ったが、この味にも慣れてきたな」

「お口に合わないようでしたら、ファルミオン本国の葡萄《ぶどう》酒を取り寄せますか？」

応対しているのは秦羅の下級兵。しかし異国の王を相手にしても、臆した様子はまったくなかった。

「わざわざ送らせるなど無駄なことはやめておけ」

「でも、陛下にはお好きなものを飲んでいただきたいのです。手間などと思う者はいませんよ」

下級兵は身を乗り出すようにして言い募る。

「俺はこれで充分だ」

レオニダスはそう言って、秦羅人が好むという白い濁《にご》り酒を呷《あお》った。

兵たちは異国生まれの王に必要以上に謙《へりくだ》ったりしない。しかし、心の底から敬愛している様子だ。

ファルミオンという名の国など今まで知らなかった。鐘国の情報が遅れていたとはいえ、ファルミオンと秦羅国が近づいたのは、さほど昔のことではないだろう。それなのに、レオニダスがすっかり秦羅人たちに溶け込んでいるのが不思議だった。

「おまえも飲むか？」

「いえ、私はけっこうです」

横から気軽に問われ、侑李は慌てて首を左右に振った。

「なんだ、馬乳酒は嫌いなのか？　慣れればこれも案外いけるぞ」

「いえ、もともと酒はあまり嗜《たしな》まないので」

「そうか」

レオニダスはつまらなそうに答える。

まわりでは下級兵たちも一緒に肉を食し、酒を飲んで笑い合っている。

身分の高低にかかわらず、皆が食事を楽しんでいる様子だ。

こんなふうに和気藹々《あいあい》とした夜営など、鐘国軍では考えられない。

侑李は調子が狂いっ放しで、深くため息をつくしかなかった。

しばらくして、側近らしき若い男がレオニダスのそばまでやってくる。

ファルミオン出身なのか、王と同じように彫りの深い顔立ちに茶色の短髪。そして灰色の鋭い目をした男だ。

「レオニダス様、戦象隊ですが、この先も一緒に進みたいと進言してきております」

この側近も流暢に秦羅の言葉を操る。まわりに秦羅人が多く、無駄に警戒させぬためか、ファルミオン語で話すことはなかった。

「象の食い扶持はどうする気だ？　もう戦象の出番はない。用があればまた呼ぶから亜国で待機するように言っておけ」

「かしこまりました。時に、そちらのお人はいかがなさるおつもりですか？」

側近の目が自分に向き、侑李はさっと緊張した。

「これは俺のものにした。今のところ逃げ出す気配はない。好きにさせておけ」

「承知いたしました」

驚いたことに、側近はあっさり肯定《こうてい》する。

捕虜なら拘束を。

そう言われるものだと思っていた侑李は、ここでも違和感を覚えずにはいられなかった。

その後、いよいよ眠る時間となり、侑李はレオニダスの天幕に入れられる。

「明日は早い。もう寝ろ」

ふたりきりなのに、レオニダスの口から出たのはそんな言葉だ。

「お待ちを。ここで一緒に眠れと言うのですか？」

「ああ、天幕の余分はない。贅沢《ぜいたく》は言うな」

「そういう意味ではなく、私は敵ですよ？　拘束されてもいないし、いいのですか？」

勢い込んで言うと、レオニダスはにやりと口角を上げる。

「夜中に俺を襲うつもりか？　いいぜ、好きにしろよ」

嘲るような言葉に、侑李は眉をひそめた。

レオニダスは堂々と軍装を解き、腰の大剣も外している。しかもその剣を鞘《さや》ごとこれ見よがしに投げ出したのだ。

「私には何もできぬ。そう思っているのですね」

侑李は込み上げる怒りで唇を震わせた。

「おまえとの勝負はすでについただろう。しかし、俺の寝首を掻《か》きたいなら好きにしろ。黙って殺《や》られるつもりはないがな」

レオニダスは最初から侑李を脅威だと感じていない。

もう言うべきことはないとばかりに、分厚い布を敷いた床に、ごろりと横たわった。

無防備に背中をさらす剛胆さを褒めるべきか。それとも侮られたことを怒るべきか。

とにかく、馬鹿にされたままで終わりたくはないと、侑李は拳を握りしめた。

油断しているなら好都合。しかも本人から寝首を掻くなら好きにしろと言われたのだ。

あくまでこちらを馬鹿にするなら、本気で命を狙ってやる。レオニダスが寝入ったと同時に、床の大剣を手にして首を刎ねてやる。

侑李は背中を向けたレオニダスを睨みつけながら、固く心に誓った。

勝敗が決したあとで寝首を掻くのは卑怯なやりようだ。

しかし、怒りに駆られた侑李には、もうそんな斟酌《しんしゃく》をしている余裕はなかった。

じっと息を殺して待つ。

驚いたことに、レオニダスはすぐに寝息を立て始めた。

やはり最初から警戒などしていない。

侑李は笑い出しそうになりながら、そっと大剣のそばまで躙《にじ》り寄った。音を立てずに柄《つか》を握って、レオニダスの背中を見据《みす》える。

鞘を払って無防備な背中に突き刺せば、いかにレオニダスといえど致命傷は免《まぬか》れまい。

そのあと逃げ出すことなど考えていない。

もとより命など捨ててかかっている。

けれども、どんなに決意を固めようと、大剣を引き抜くことはできなかった。

一騎打ちであっさり負けて悔しかった。剣の腕前だけではない。戦術や統率力、何もかも敵わないことが悔しかった。

奴隷だったというレオニダスは、今までどんなふうに生きてきたのだろうか。

自分は父を殺されたあと、権力争いの駒にされないよう必死に生きてきた。幸いにも、今まで飢えたことはなかった。何度か命を狙われたけれど、自分自身で刃を交えて暗殺者を葬《ほうむ》ったこともない。

決して平穏とはいえない暮らしだったが、レオニダスとはどう違うのだろう。どうして、これほどまでにこの男との差が生じたのか、侑李には納得がいかなかった。

灯りがひとつだけ灯《とも》された天幕で、侑李は何もできないままにじっとレオニダスを見つめていた。

ややあって、逞しい肩がゆっくり上下する。

「俺を殺すのではなかったのか?」

「！」

唐突にかけられた言葉に、侑李は息をのんだ。

ぎゅっと大剣を握る手に力を入れる。

だが、最後まで鞘から抜くことはできなかった。

「おまえはずいぶんと不自由な生き方をしてきたらしいな」

レオニダスがふいに上体を起こしながら訊《たず》ねてくる。

「な、なんのことだ？」

侑李はそう言い返すだけで精一杯だったが、レオニダスはふっと笑みを浮かべた。

「おまえを縛りつけているものはなんだ？　先ほどの一騎打ちを申し込んできた時もそうだ。あれはおまえの本心からの望みではなかっただろう？　配下を逃がすために自分の命を懸ける。女子供を喜ばせる物語でもあるまいに、おまえのその見当違いの必死さは、見ていておかしかったぞ」

「な、何を言う？」

侑李は噛みつくように問い返した。

怒りのあまり自分の顔に血が上っているのがわかる。

敗北は受け入れたが、こうまで侮辱される謂《い》われはない。

「ははは、怒ったか？　その勢いで俺を刺せばどうだ？　もっとも……大人しく殺されてやる気はないがな」

レオニダスは嘲るように言う。

その直後、侑李は迷いが吹っ切れたように大剣を鞘から抜いた。

「闇討ちは卑怯者のすること。だが、私には何もできぬと、油断したのはそっちだ。ここで命を貰《もら》い受ける」

侑李は素早く立ち上がって大剣を正眼に構えた。

レオニダスは腰を下ろしたままの無防備な体勢で、おかしげに見上げてくる。

「どこからでもいい。見事俺を仕留めることができたら、あっぱれだと褒めてやろう」

「覚悟！」

侑李はそう叫び様《ざま》、大剣を振りかぶった。

だが、必殺の一撃は、レオニダスの右手で簡単に止められてしまう。

恐ろしいほどの膂力で、大剣の勢いが殺された。

「くっ！」

レオニダスは容易く、柄を握る侑李の手をつかみ取る。

相手は丸腰なのに、まったく及ばない。

懸命に振り払おうとしても、レオニダスはびくともしない。

両手をつかまれた侑李は、圧倒的な力に屈し、とうとう大剣を取り落とす羽目になった。

ガチャリと音を立てて大剣が床に転がる。

それと同時に、張りつめていた気持ちが一気に瓦解した。

侑李はがっくりと両膝をつき、敗北を宣言した。

「あなたには及ばぬ。私の負けだ。自裁は認めない。そういう約束だった。私にも残された矜持がある。その約束まで破るつもりはない。できれば、あなたの手で葬ってくれないか」

淡々と頼み込むと、レオニダスは大きく舌打ちする。

「チッ、つまらんな。一度や二度負けたくらいで、すべてを諦めるとは、どうやらおまえを見損なっていたらしい」

「……」

レオニダスの言葉が耳に突き刺さる。

見損なった――。

それは、今まで少しは見るべきものがあると期待していた。そういう意味にも取れる。

けれども、すべては今さらだ。

「あなたは私をどうするつもりなのだ？　今となっては隠しても仕方がないから教えるが、私には捕虜としての価値などない。私が鐘国の太子候補であることは事実だ。しかし、鐘国にはまだ他に太子候補がいくらでもいる。私を捕らえておいても、いいことは何もない」

侑李は静かに明かした。

しかしレオニダスは難しい顔つきで見据えてくるだけだ。

「首を刎ねてほしい。それが望みか？」

「ああ、そうだ」

侑李は素直に頷いた。

「それはできぬ相談だな。おまえの首を刎ねても、俺の益にはならん。だが、おまえをどう扱うか、考えておこう。今日のところはゆっくり休め」

レオニダスはそう言ってふいに立ち上がる。

そして床に落ちた大剣を手にして、天幕から出ていく。

命を狙った侑李を拘束もしない。そのままここで眠れということらしい。

天幕に取り残された侑李は、ため息をつくしかなかった。

ファルミオンの王は、いったいどういう男なのか、ますますわからなくなってしまう。

しかし天幕にひとりで残されて、張りつめていた気持ちが一気にゆるんだ。

混成軍の勢いで鐘国軍が敗走し、配下を逃がすために一騎打ちを持ちかけて惨めに敗北した。

天幕でも無防備なレオニダスを仕留め損ね、たったひとりで取り残されている。

これからどうすればいいのか。

自分はいったいどうなるのか、深く考えることはできなかった。

張りつめていたものがゆるむと同時に、どっと疲れが噴き出してくる。

侑李は両手で膝を抱え込み、顔をうつ伏せた。
惨めに負けたというのに、涙はまったく出てこない。
ただ己の身体を蝕《むしば》む疲労で、ぼうっと頭を霞《かす》ませるだけだった。

三

混成軍は五日ほどかけて秦羅の都に凱旋《がいせん》した。

雲を突く天山を背景に、豊かな水量を誇る湖べりに拓けた都は、古代より大陸の東西を結ぶ交易の拠点として発達し、街区《がいく》も美しく整っている。

秦羅の都は、今まで多くの国の支配下に置かれてきた。この数十年、遊牧《ゆうぼく》の民である秦羅人が支配していたのだが、今はファルミオン王国に帰順しているらしい。

混成軍は都中の人々から熱狂的に迎えられた。

先頭をいくのはレオニダス王で、まわりをファルミオンの親衛隊が囲んでいる。すぐ後ろに続くのは秦羅人の騎馬将兵だ。

侑李は相変わらずレオニダスに同乗を強《し》いられていたが、人々の様子には驚かずにはいられなかった。

情報の遅れは鐘国の驕《おご》り、軍の怠慢《たいまん》としか言えないが、ファルミオン王国という名は、今回の戦で初めて耳にした。敵はあくまで秦羅という国だったのだ。

いったい、いつファルミオンが登場したのか、詳しいことはわからないが、そう何年も前の話ではないだろう。それなのに、レオニダスは人々から熱狂的な歓迎を受けている。

ファルミオンが秦羅を滅ぼしたのなら、こんなふうに反応することはないはずだ。

「レオニダス王！」

「英雄王、レオニダス陛下！」

秦羅の人々は両手を突き上げ、レオニダスを称《たた》えている。

大人だけではなく、腰の曲がった老人や子供たち、男女の別なく皆がレオニダス王の凱旋に興奮しているのだ。

鐘国の都とはまるで違う様子に、侑李は驚きを隠せなかった。

皇帝自らが戦に赴《おもむ》くなどあり得ないし、仮に皇帝が大通りに姿を見せるなら、鐘国ではすべての民が地にひれ伏すだけだ。声などかけようものなら、その場で捕らえられてしまうだろう。

大勢の民の間を抜け、凱旋軍はようやく王城へと入る。

湖べりに造られた王城は、美しい宮殿だった。鐘国の皇城に比べ規模は小さいものの、壁や柱に施された装飾は麗しく、色彩も美しい。

湖に面しているせいか、どこも開放的な造りで、屋内にも充分に採光が行き届いていた。

王城の広間に入ってすぐに、ファルミオン人の男が声をかけてくる。

「陛下、ご無事でご帰還、まことに喜ばしく……」

銀髪に茶色い瞳。三十半ばといった理知的な顔立ちの男は、ゆったりした長衣《ちょうい》に身を包んでおり、高位の文官といった雰囲気だ。

「ラザロス、留守居《るすい》ご苦労だった。こっちの様子はどうだ？」

「はっ、我がファルミオンと、秦羅の統合、恙《つつが》なく進んでおります。陛下におかれましては、華々しく勝利を挙げられた由《よし》、重畳《ちょうじょう》でございました。領土を侵犯《しんぱん》した鐘国軍を蹴散らしたのみならず、皇子もひとり捕虜にされたとか、知らせが届いておりますが」

ラザロスと呼ばれた男は、そう言いながら、ちらりと侑李へ視線を向ける。

「捕らえたのは、そこの侑李だ。とりあえず丁重に扱え」

「承《うけたまわ》りました」

ラザロスは恭《うやうや》しく頭を下げる。

そして、命じたレオニダスはそれきりで侑李を振り返ることなく、王城の奥へと姿を消した。

†

侑李が過ごすことになったのは、奥庭に面した小部屋だった。

レオニダス王から臣下の手に渡され、牢に入れられるものとばかり思っていたが、意外な成り行きだ。

鐘国であれば、貴人《きじん》の囚われ人には、何十人もの見張りがつく。しかし、扉に錠《じょう》はかかっているものの、部屋の見張りすらいない様子だ。

時折侍女が現れて食事や入浴の世話をされる。身だしなみを整え、じっと一日長椅子に腰かけて過ごす。捕虜としては破格の扱いだった。

頭を去らないのは、自分を圧倒したレオニダスのことだった。

見事な采配で疾風怒濤《しっぷうどとう》のように鐘国軍を蹴散らした。一騎打ちでもあっけなく敗北し、寝首を掻くことにも失敗した。

このうえ恥さらしに、生き存《なが》らえていたくないのに、処刑という話はいっこうに来ないし、自裁も禁じられている。

伯は皆を率いて、無事に鐘国軍に合流しただろうか。

気にかかっているのはそれだけだ。

見張りもいないのであれば、いっそのこと逃げ出してやろうか。

時折、そんな考えも脳裏を掠める。

しかし、一騎打ちの約定を破ることも、矜持が邪魔して実行できなかった。天幕でレオニダスを襲おうと思った時とは違い、ただ逃げ出すという気にはなれない。

卓子の上に置かれた膳を眺め、侑李はため息をついた。

日がな一日じっとしているせいか、まったく食欲がなかった。それに香辛料を多用する秦羅風の食事は味付けが濃すぎて、さらに食欲を減退させる。

侑李はほんの少し箸《はし》をつけただけで、食事を終えた。

このまま食事を取らずにいれば、処刑を待つことなく死ねるかもしれない。

そんな甘い考えまで浮かんで、侑李は自嘲気味に微笑んだ。

そうして何日かが過ぎた時、ようやくレオニダスからの呼び出しがあった。

「侑李殿、陛下がお呼びだ。同道《どうどう》していただく」

顔を見せたのは、遠征で一緒だった王の側近だった。

革鎧《かわよろい》をつけ腰に大剣を佩いたファルミオン人は、流暢に鐘国語を話す。

王の信頼篤《あつ》い武将は、丸腰の侑李を相手にしてもまったく油断した様子を見せない。

その側近のあとに続いて、回廊を進んだ。

侑李が身につけているのは鐘国風の上衣下裳《じょういかしょう》。ごくあっさりとした青地の模様で銀色の帯を結んでいる。髪は背中あたりでゆるく結んでいるだけだ。

食事が喉をとおらない日が続いていたので、少し歩いただけで息が切れた。けれども、弱ったところなど見せられない。

案内されたのは、王城の奥にある庭園だった。

鐘国のもののように凝った造りではない。湖までの広大な土地はごく自然に、あるがままといった風情だ。

白い小さな草花が一面に生えており、濃い緑の葉を繁らせた木々が点在する。そうした中に白い石材を組んだ四阿《あずまや》が設けられていた。

レオニダス王は、その四阿でゆったりと腰かけている様子だ。

「陛下がお待ちだ。そのまま前へ進まれよ」

「わかり、ました」

侑李はなんの疑問も覚えずに歩を進めようとした。

目の前には四阿までの細い小径《こみち》がある。

「ああ、ちょっと待て。陛下の愛玩《あいがん》動物が多数侍《はべ》っている。大声は出さないほうがよろしい」

「愛玩動物？」

侑李は怪訝《けげん》な思いで首を傾《かし》げた。

犬や猫ぐらいで驚くことはない。

だが、その思い込みはあっさりと覆《くつがえ》された。

レオニダスの横で薄い茶色の固まりが、のっそり立ち上がったのだ。

あんなに大きな犬は見たことがない。

侑李は思わず足をすくめた。

すると、反対側からも黒い固まりが立ち上がる。

いったい、あれは……？

侑李は目を瞠るだけで一歩も進めなくなった。

「来たな、侑李。大丈夫だ。ゆっくりこっちへ歩いてこい。こいつらは不用意に人を襲ったりしない。ただし、俺に危害を加えようとする輩《やから》は別だ。一応、気をつけておけ」

レオニダスはのんびりした声で促《うなが》す。

距離はまだ充分に離れていたが、侑李は恐怖を堪えるために、ぎゅっと両手を握りしめた。

よくよく見れば、他にもまだ大型の動物が侍っている。

最初に立ち上がったのは犬ではない。首筋がふっさりとした鬣《たてがみ》に覆われている。間違いなく牡《おす》の獅子だった。

黒い個体はおそらく豹《ひょう》だ。

レオニダスの目の前でこちらを威嚇《いかく》するように牙を剥き出しにしたのは、くっきりとした黒の縞模様が入った虎に違いなかった。

いずれも普通の人間では相手にもならない猛獣だ。それなのに、レオニダスはその猛獣に囲まれて平気な顔をしている。

これらがすべて愛玩動物とは、信じられない話だった。

「どうした？　さっさとこっちへ来いよ。それとも、怖いのか？　こいつらが恐ろしいなら、迎えに行ってやってもいいぞ」

からかい気味に言われ、侑李は怒りを煽られた。

今まで見たこともない猛獣だ。いつ襲われるかと怖かった。

しかし、怖がっていると侮られることには我慢がならない。

「迎えはけっこうです」

侑李は声が震えぬように、精一杯虚勢を張って言い放った。

レオニダスが言ったとおり、あの猛獣たちがすぐに襲いかかってくることはないはずだ。

侑李は己を叱咤《しった》しつつ、強《こわ》ばった足を前に進めた。

ぎこちなく近くまで行ったが、猛獣たちは動かない。ただ威嚇するように、グルルと恐ろしげな唸《うな》り声を上げている。

「侑李だ。おまえら、少し場所を空けろ」

レオニダスにそう声をかけられて、隣を占めていた獅子がのっそりと後ろに下がる。前に寝そべっていた虎も、侑李のために道を空けるかのように両脇へと動いた。

「こっちに来て座れ」

レオニダスが示したのは、石造りの長椅子だった。

侑李はこくりと喉を上下させて、隣に腰を下ろした。

猛獣は十頭以上いる。獅子と虎、黒い豹、それに真っ白な毛並みに黒の斑点《はんてん》が浮き出た美しい豹もいた。

「これは、あなたが飼っているのですか？」

侑李は喉をひりつかせながら、怖々《こわごわ》問いかけた。

「いや、飼っているわけではない。こいつらは、何が気に入ったのか、俺についてまわるようになっただけだ。一番の古株はその獅子だ」

レオニダスはそう言って、ふさふさの鬣を持つ獅子の背中を撫でる。

「ついてきた？」

「ああ、そうだ。こいつとはファルミオンの闘技場で出会った。他の連中は東への移動中に、徐々に増えたんだ。戦象の中にもついてこようとしたやつがいたが、さすがに帰らせた」

なんともいい加減な言い様に、侑李は我知らずレオニダスを睨みつけた。

ファルミオンの王は、擦り寄ってくる猛獣たちを順に撫でてやっている。

獅子の次は黒豹、虎、雪豹《ゆきひょう》……種族が違うはずなのに、猛獣たちは喧嘩《けんか》もしない。

目《ま》の当たりにした奇行に、侑李は呆れるだけだった。

しばらくして、レオニダスがふいに視線を合わせてくる。

間近からじっと顔を覗き込まれ、何故か心の臓が高鳴った。

「やつれたな」

「別にそんなことは……」

「ずっと食事を取っていないと聞いたが？」

さらりと問われたことに、侑李は目を見開いた。

まさか、レオニダスが捕虜の動向を気にしているとは思わなかったのだ。

「気に入らないな」

レオニダスは、不機嫌そうに精悍な顔をしかめる。

ぐいっと顎をつかまれて、さらにまじまじと顔を覗き込まれた。

「離して、もらえませんか？」

侑李は辛《かろ》うじて文句を言った。

レオニダスの目が怒りのせいか金色に染まっている。

わけもなく震えそうになって、情けない自分自身に腹が立った。

「おまえ、死にたいのか？」

単的に訊ねられ、侑李は思わず頷きそうになった。

しかし、すんでのところで衝動を抑える。

「それは私が決めることではない」

「ふん、そうか。食事を絶って、飢え死にするつもりかと思ったが？」

「そんなことは……しない」

誘惑に駆られたことは事実だが、侑李は懸命に否定した。

レオニダスはその答えを聞いて、ようやく手を離す。

侑李は居心地が悪くなり、自然と視線を落とした。

捕虜としての屈辱に甘んじるのはいやだ。早く処刑してほしい。

そう口にしてしまいそうになるのを、なんとか堪える。

今さらこの男に頼み事をするような真似はしたくない。

「侑李、おまえは鐘国の太子候補だと言っていたが」

緊張が続いていたなかで、レオニダスがふいに話題を変えてくる。

「前にも言ったと思うが、私を捕らえておいても、たいして益はない。太子候補は他にも大勢いる」

「では、おまえは自由というわけだ」

「自由？」

いったいなんのことだと、侑李は再びレオニダスへと視線を向けた。

奴隷上がりだというファルミオン王は、本当につかみどころがない。何を考えているのか、侑李には知る術がなかった。

「提案がある」

「提案？」

侑李は小首を傾げてくり返した。

レオニダスは何故か、ふいに口元をゆるめた。そして鋭かった金の眼差《まなざ》しもやわらぐ。

「おまえ、俺の部下にならないか？」

「は？」

とっさには何を言われたのかわからなかった。

レオニダスは苛立たしげに眉根を寄せる。

「俺に仕える気はないかと訊いている」

レオニダスはそうくり返したが、侑李は混乱するばかりだった。

「どういう意味ですか？　奴婢にするというなら、勝手になさればいい。今さら逆らったりはしません」

言ったとたん、レオニダスはさらに怒りを見せる。

「馬鹿か！　誰がおまえを奴隷にすると言った？」

「私には人質としての価値がない。ゆえに、処刑か、さもなければ奴隷の身分に堕《お》とすのが順当なところ。あなたが何を言いたいのか、私にはわかりません」

「おまえはそんなに処刑されたいのか？」

叩きつけるように問われ、侑李は沸々《ふつふつ》と怒りにとらわれた。

さっさと殺してほしい。

そう頼めたなら、どんなによかったか。

けれども最後のところで、その言葉をのみ込んだ。

「私に自裁を禁じたのは、あなたでしょう。私は負けた。だから、あなたの好きなようになさればいい。だが、配下になれとの甘言に乗るつもりはない。そして、私からあなたに何かを頼むこともない」

侑李はじっとレオニダスの目を見つめて言い切った。

捕虜としておめおめ生き延びるよりも、処刑されたほうがまし。将として最低限の責も果たした。ゆえに思い残すこともない。

でも、そう口にすれば、さらに負けを重ねることになるだけだ。

レオニダスは眉間《みけん》に皺《しわ》を寄せ、刺すように見つめてくる。

咎《とが》めるような眼差しから視線をそらさないことだけが、侑李にできるすべてだった。

「口ではなんとでも言える。おまえはたいした嘘つきだな」

嘲笑うように言われ、侑李は眉をひそめた。

「なんのことですか?」

「ふん、おまえは都合よく忘れたようだが、天幕では俺の寝首を掻くつもりだっただろう」

「あ、あの時は……っ」

侑李はかっと頬を染めた。

天幕では確かにレオニダスを殺そうとした。言動が一致しないと咎められれば、恥じるしかなかった。

思わず視線をそらすと、レオニダスがふいにくぐもった笑い声を漏らす。

「くくっ、やはり、ひと筋縄ではいかんか。いいだろう。おまえの望み、叶えてやろう」

「………」

「おまえは敗軍の将らしく扱われたい。そうだろう？　隠すことはない。正直に言え。これぐらいでは、俺に頼んだことにならん」

　侑李は素直に頷いた。

　レオニダスの言葉は的確で拒否する理由は見当たらない。

「鐘国の皇孫、朱侑李。おまえは俺に一騎打ちを仕掛けて敗れた。おまえの生殺与奪《せいさつよだつ》の権はすべて俺の手の内にある。それでいいんだな？」

　雰囲気を一変させたレオニダスが問う。

　侑李はこれにも、こくりと頷いた。

　するとレオニダスがすっと立ち上がる。

「テオドロス、いるか？」

「はっ」

　呼びかけに応じて姿を見せたのは、ここまで侑李を案内してきた側近だった。

　猛獣を恐れることなく王の前に出て、さっと片膝をつく。

「テオドロス、この者を………」

　レオニダスはそのあと異国の言葉、おそらくファルミオン語で何かを命じている。

　テオドロスと呼ばれた側近は、冷たい表情でちらりと視線を投げてくる。

　今になって、急に不安が芽生えてきた。

あっさり処刑を命じられるならいい。しかし、そんなに簡単に望みが叶うとは思えない。

レオニダスに何事かを命じられた側近は、侑李に向かって短く命じた。

「立て」

王との会見はこれで終わり。

この先は、虜囚らしく扱われるのだろう。

「ついてこい」

テオドロスはそう言って、庭園の小径を歩き出す。

大人しく従いながらも、侑李は後ろ髪を引かれるように振り返った。

レオニダスはもうこちらに注意を払うことなく、四阿から逆方向へと向かっていた。

獅子も虎も豹も、十頭以上いる猛獣たちは、邪魔者がいなくなって清々《せいせい》したとでも言いたげに、王に戯《たわむ》れかかっている。

獅子は率先して飛びかかり、レオニダスは逞しい四肢《しし》でそれを受け止める。勢い余って草地に転がり、そこへさらに他の猛獣たちも擦《す》り寄っていく。

侑李は僅《わず》かな間、その奇跡のような光景を目に留めていただけだ。

けれども何故か、胸の奥が痛くなってくる。

あの中に自分も入りたい。

そんな衝動に駆られてしまったのだ。

でも、レオニダスはもう自分に目を向けることはない。

そうわかっていたからこそ、胸が痛かった。

†

庭園での謁見《えっけん》後、侑李の扱いは一変することとなった。

もとの部屋に戻されたままではよかったが、テオドロスが兵を呼び寄せたのだ。

「そやつの衣服を剥いで拘束せよ」

いっせいに飛びかかってきたのは、秦羅人の兵たちだ。

「な、何をする？」

侑李は憤然《ふんぜん》とテオドロスを睨みつけた。

「おまえは陛下に逆らった罪人。相応《ふさわ》しい扱いをせよとのご命令だ」

テオドロスは冷たい表情で言い切った。

流暢な秦羅語で命じられた兵たちは、侑李から上衣を剥ぎ取って薄い下衣だけにする。

侑李は寝台へと追いやられ、そのあと後ろ手に縛られて、さらに鎖まで掛けられた。

「私をどうする気だ？」

恐怖を堪えて問いかけると、テオドロスは氷のように冷え切った灰色の目で見下ろしてくる。

「陛下はおまえを奴隷の身分にするとのことだ」

「奴隷……」

自ら望んだこととはいえ、侑李は呆然となった。

しかし何もかも自分で蒔《ま》いた種だ。侑李は惨めに拘束されながら、唇を噛みしめた。

「今までのような扱いは期待するな。陛下のご温情を無にしたのはおまえ自身だ」

テオドロスの冷えた言葉が耳に突き刺さる。

怒りがこもっているのは、敬愛するレオニダスに侑李が逆らったためだろう。

もとより覚悟は決まっている。

「わかりました。すべては王の思《おぼ》し召しのままに」

侑李は静かに答えることで、己の矜持を守った。

†

刻々と時が移ろい、あたりが夜の帳に覆われる。

寝台で拘束されたままでいるのは、正直なところかなり堪えた。途中で一度食事を与えられたが、ほとんど喉をとおらなかった。

鎖での拘束は屈辱だが、これも自分で言い出したこと。だったら、最後まで醜《みにく》く足掻くことはするまい。今さら情けを乞えば、レオニダスを喜ばせるだけだ。

そして夜半となって、そのレオニダスが姿を見せた。

逞しい体躯に紺色の夜着をまとい、極めてゆったりと構えている。

「いい格好だな。思ったとおり、おまえにはその姿がよく似合う」

「このような夜更けに虜囚の顔を見にこられるとは、ずいぶんと酔狂なことだ」

侑李は表情を変えず、冷ややかに応じた。

内心では不安が増しているが、そんな顔は見せられない。

「やれやれだな。相変わらずすげない態度だ。ここは戦場ではない。少しは会話を楽しむ気になれんのか？」

寝台に腰を下ろしたレオニダスは、つまらなさそうに言う。

「なんの冗談ですか？　長い時間この格好で放置されていたのだ。会話を楽しむ余裕などない」

「今はまだ拘束を解く気はない。むしろ、拘束されていたほうが、おまえのためだと思うぞ。俺は徹底して楽しむつもりだからな」

「何をする……気だ」

「言っただろう。徹底して楽しむつもりだと。おまえの身はすでに俺のもの。どう扱おうと俺の勝手。この美しさ、おおいに愛でてやらねば損だろう」

侑李はぎくりと狼狽した。

レオニダスは唐突に接近してくる。拘束されて寝台に転がされている身では、レオニダスの手を避けようがなかった。

「なんの真似だ？　美しい女はいくらでもいるだろう」

いやな予感に、侑李は必死に言い返した。

けれどもレオニダスからは冷笑を浴びせられただけだ。

「確かに、この宮殿にも女は山ほどいる。だが、おまえほど美しい女はいない」

レオニダスはおかしげに言いながら、手を伸ばしてきた。

首筋に触れられて、侑李はびくりとなった。

自分の命はレオニダスのもの。そう言う覚悟はできているが、この展開は想定外だ。

レオニダスの手は下肢に伸び、あろうことか、薄い衣の上から中心をそろりと撫でられる。

「くっ」

侑李は強く腰をよじり、足を曲げて傍若無人《ぼうじゃくぶじん》な手を打ち払った。

けれども、そんなささいな抵抗など通じるはずがない。

「くくくっ、さすがにいい動きだな」

レオニダスは上機嫌な様子で、侑李の身体を意味ありげに撫で回す。

「本当に、やめてくれないだろうか。私など抱いても仕方ないだろう。そういう行為は女性となせばよい」

「誰にでもなびく女には興味がない。相手にするなら、おまえがいい」

レオニダスは何を言っても止まることはなかった。

これもすべて自分から招いた結果だ。

だったら、毅然《きぜん》と受け入れるしかない。たとえ、処刑されるよりつらい行為であろうと、これ以上、同情を乞うような言葉も吐きたくない。

「私は敗軍の将。あなたに一騎打ちを申し込んで、……負けた。好きなようになさればよい。だが心まで屈したわけじゃないと覚えておかれよ」

侑李は屈辱にまみれつつも、声を絞り出した。

「いい覚悟だ。では、存分に可愛がってやろう」

レオニダスは意外にも、ふわりと微笑む。

きれいな笑みに、思わず目を惹かれた。

けれども、その隙を突くようにレオニダスが覆い被さってくる。

すべての抵抗を封じられ、下衣が簡単に引き裂かれた。

レオニダスの手が意味ありげに、剥き出しの素肌をなぞり上げる。

「男に抱かれたことは？」

「くっ……」

胸の尖りをいきなり、きゅっと摘まれて、呻き声が漏れる。

「答えろ。男に抱かれたことは？」

「な、い……っ」

黙っていようと思っても、そう答えるしかなかった。

「だろうな。反応がいかにも初だ。鐘国にはおまえを抱こうという強者はいなかったのか。まあ、ひと当てしただけで総崩れになるような臆病者揃いでは、おまえの相手にはならんか」

レオニダスはそう言いながら、ばさりと下肢までも剥き出しにした。

そのあと大きな手で花芯をいきなり握られる。

「……っ」

思わず腰を浮かすと同時に、レオニダスは微妙な力加減で中心を愛撫し始めた。

身体の芯から熱が噴き出してくるようだった。自分では意図していないのに、勝手に肌が敏感になっていく。

そろりと撫でられただけで、我慢できない疼《うず》きが生まれた。

「俺は鬼ではない。まずは快楽を与えてやろう。幸いにも、おまえの身体は覚えがよさそうだ」

「そのようなもの、無用だ。あなたの好きなようにすればいい。私はどうなろうとかまわぬ」

侑李は息も絶え絶えになりながら、精一杯の虚勢を張って言い捨てた。

けれどもレオニダスはおかしげに忍び笑いを漏らすだけだ。

「くくくっ、心配せずとも、好きなようにするさ。男に抱かれるのがどういうことなのか、ゆっくりとひと晩かけて、おまえの身体に覚え込ませてやる」

レオニダスはそう言いながら、ぐいっと侑李の腰を抱き上げた。

「な、何をする?」

「そのままだと苦しいだろうから、俺が抱いててやろう」

レオニダスは寝台に座り込み、逞しい腿《もも》の上に侑李を後ろ向きに下ろした。

夜着の裾《すそ》が完全に乱れ、駆り立てられたものが顔を覗かせている。

羞恥のあまり慌てて両足を閉じようとしたが、さっと両腿の間に手を入れられて阻まれた。

レオニダスが膝を立てると、両足を閉じることさえできない。

隠すところなくすべてがさらされ、羞恥で死にそうになった。

レオニダスは左手で中心を包み、もう片方の手で胸の尖りを弄《いじ》り始める。

爪でぴんとくじかれると、先端が固くなる。そこをきゅっと捻《ひね》られると、びくんと大きく身体が震えた。

「まずはここを丹念に開発してやろう。どうだ、気持ちいいだろう?」

「くっ」

侑李は懸命に首を左右に振った。

するとレオニダスは、先端をきゅっと引っ張る。

身体の芯に熱い刺激が走り抜け、大きな手に包まれた花芯までふるりと反応した。

「教え甲斐のある身体だ」

レオニダスはそう言いながら、首筋や耳たぶに舌を這わせてくる。

そうしている間にも、胸への愛撫が止《や》まず、花芯がますます熱くなった。

右と左、交互に弄られながら、花芯も微妙な力加減で擦り上げられる。

「くっ、……ううっ」

必死に押し殺そうとしても、くぐもった呻きが漏れた。

「感じているなら、素直に声を出したらどうだ？　ここがこんなでは、言い訳もできんだろう」

嘲るような言葉に、侑李は懸命に首を振る。

こんなやり方で無理やり快感を与えられても、認めるわけにはいかなかった。

「い、弄られれば、こうなるんだろう……っ、わ、私が望んだわけじゃない……っ」

「そうか。最後まで意地を張るつもりなら、それでもいいぞ。これはほんの手始めだ。そろそろ次に行こうか」

不穏な言葉に恐怖を感じる。

だが侑李は精一杯虚勢を張って吐き捨てた。

「好きに、なさればいい……っ」

「ああ、いいぞ。俺の好きなようにおまえを嬲ってやる」

挑発されたレオニダスは、ふいに体勢を変えてきた。

寝台の上に転がされ、侑李はきっと傲慢な男を睨んだ。

レオニダスはさらに、侑李の両足を開かせ、その間にすっと逞しい身体を寄せる。

剥き出しになった中心に、温かな呼気を感じて、侑李はびくりとなった。

次の瞬間、張りつめたものが、レオニダスの口に咥《くわ》え込まれる。

「ああっ、そんな……っ、い、ああ……っ」

侑李は切れ切れの悲鳴を上げた。

レオニダスは平気で不浄《ふじょう》なものを口にする。

経験のない侑李には信じられない行為だった。

思わず大きく腰をよじって避けようとするが、レオニダスは手でしっかり侑李の足を押さえ、口淫《こういん》を始める。

「やっ、あ、あぁぁ……う、くっ」

口ですっぽり咥えられ、舌も絡められた。

こんなのはおかしい。駄目だ。人がする行為じゃない。

そう思うのに、じわりと快感が生まれる。

窄《すぼ》めた口で花芯を上下されると、身体の奥から欲望が迫《せ》り上がってくる。今にもそれが噴き出してしまいそうだった。

「駄目……っ、口を……は、放せ……っ、やあっ……うぅ」

思わず懇願の声が出てしまう。

けれどもレオニダスはさらに巧みに侑李を翻弄《ほんろう》した。

舌で舐められるたびに震えが起きて、剥き出しの肌に鎖が擦れる。背中に回った両手に自身の体重がかかって痛みを訴える。

なのにレオニダスは深く花芯を咥え、上下に擦るような真似までする。

直接的な刺激に抗《あらが》う術はなかった。

体内に溜まった熱を吐き出したくてたまらなくなる。

「うぅ……ふ、くっ」

極めてしまいそうになった侑李は、苦しげに呻くだけだった。

するとレオニダスはいったん花芯から口を離し、侑李の両足をさらに大きく開かせる。

そして次にはその両足の付け根に舌を這わせてきた。

そろりと舐められたあと、舌が向かったのは恥ずかしい狭間だ。

「やっ、な、何……っ、あっ、駄目……やっ、それは駄目……っ」

窄まりに舌を這わされて、侑李はとうとう悲鳴を上げた。

レオニダスが不浄な場所を舐めている。

必死に腰を振って逃げようとしたけれど、レオニダスは抜け目なく両足を押さえている。

「ああっ、やめろ……、それは……ああっ」

侑李は涙を溢れさせた。

それでもレオニダスは許してくれず、固く閉じた場所をたっぷり舐められてしまう。

「うう……う、く……うぅ」

レオニダスは時折、花芯にも舌を伸ばしてくる。

信じられないのは、自分の淫らさだった。

禁忌《きんき》の行為に恐れをなしているのに、花芯はしっかりと張りつめたまま。また新たな蜜までこぼしている。

「ずいぶんと覚えがいい」

ようやく口を離したレオニダスが、揶揄《やゆ》するように言う。

侑李は死ぬほどの羞恥で身を縮めるだけだった。

だが、それで終わりではなかった。レオニダスは唾液でたっぷり濡れた場所に、指を入れようとしていた。

「もう、いい加減に……う、くっ」

侑李の抗議には耳を貸さず、レオニダスは容赦なく長い指をねじ込んでくる。

「やはり狭いな」

「や、あぁ……あっ、やあ……っ」

強引に太い指を咥え込まされて、侑李は力なく首を振った。

レオニダスは強引に、根元まで指を進める。

「ここをたっぷり解《ほぐ》してやる。指を咥えながら気持ちよく達《い》けばいい」

レオニダスはそう言ったかと思うと、再び花芯を口に咥えてきた。

「やっ、……あ、ふっ……くぅぅ」

深く花芯を咥えられ、それと同時に中に入れられた指を回される。

異様な刺激と痛みは、圧倒的な快感でごまかされた。それどころか、レオニダスは花芯を口で弄《もてあそ》びながら、指をくいっくいっと抜き挿しする。

「んんぅ……っ、ああ、……あぅ」

前後を同時に刺激され、どうしていいかわからなかった。

あり得ないことに、また身体の芯から欲望が迫り上がってくる。

ひときわ深く指を押し込まれ、花芯をちゅくりと吸い上げられる。

「あぁ……あ、うく……っ、うう」

侑李は堪えようもなく、一気に上り詰めた。

解放の煽りで、中に咥えた指をぎゅっと締めつける。そうして、レオニダスの口中に、思うさま欲望を吐き出した。

「ひ、っく……ぅう」

レオニダスは一滴も残さないといった勢いで、侑李の精をのみ込む。

すべてを出し切って、侑李はしばし呆然となっていた。

配下になれとの要望を断わった。ファルミオンは敵国だ。鐘国を裏切るわけにはいかない。

そしてレオニダスの怒りに触れたせいで、奴隷に堕とされた。何をされたところで最初から文句を言う資格はない。

だが、侑李はすべてを安易に考えていたのだ。まさか女のように犯されるとは想像さえしなかった。

もはや己の矜持を保っている余裕もない。

それなのにレオニダスはにやりと笑い、さらなる屈辱を与えようとしている。

「鎖で縛られて、主人の玩具になるのはどんな気分だ？　おまえ自身が選び取った立場だ。しかし……もし、許してくれと言うなら、考え直してやってもいいぞ」

金色の瞳が嘲るように侑李を見ていた。

捕らえた獲物を嬲る。ただ、それだけのために、レオニダスはこんな手段を用いたのだろう。

屈服を迫られて、侑李は挫《くじ》けそうになった。

しかし、最後の一歩で踏み留まる。

「好きに……すればいい。だが、これだけは言っておく。あなたは誇り高い武人だと思っていたが、見損なった」

侑李は青い目をぎらつかせ、精一杯の虚勢を張って吐き出した。

そのとたん、レオニダスがにやりと笑う。

「おまえはやはりしぶといな。これだけ嬲ってやっても、許しを請う言葉は吐かないか。いいぞ、それでこそ、もっと楽しめるというもの。もうおまえの中もいい具合に熟れてきた。そろそろ俺のをぶち込んでやろう」

レオニダスは侑李の抗議など意に介《かい》さず、再び手を伸ばしてくる。

うつ伏せで腰を高く差し出す格好にさせられて、侑李は唇を噛みしめた。

上から覆い被さってきたレオニダスは、耳に口を寄せて囁く。

「いいか、入れるぞ。しっかり味わえ。俺の形と熱を覚えるんだ」

レオニダスは侑李の双丘に手をかけて、傲慢に宣言する。

指でくいっと入口を開かれ、蕩かされた場所に熱く滾った剛直を宛がわれた。

「あ……」

「男を咥えて、おまえがどう乱れるか、しっかりと見てやろう」

声とともに、意味ありげに双丘を撫でられる。

びくりと身をすくめた瞬間、狭い場所に滾ったものが侵入を開始した。

「あああっ、あ、くっ、うぅ」

無理やり身体を引き裂かれ、堪えようもなく悲鳴が漏れる。

侑李は自分を犯す剛直から少しでも逃げようと、喉を仰け反らせた。

けれども、レオニダスは簡単に侑李の腰をつかんで引きつける。

「あああっ」

一気に最奥まで串刺しにされた。

狭い場所を限界まで割り広げられ、信じられないほど奥まで長大なものに犯されている。

「これで、おまえは完全に俺のものとなったな」

「く……っ」

「さあ、あとは楽しむだけだ。夜が明けるまで、まだたっぷり時間がある。おまえを俺好みに仕込んでやろう。泣いて縋って、俺を欲しがるまで調教してやる」

レオニダスはふざけたことを言いながら、侑李の顎をつかんだ。

そして強引に後ろを向かせて口づけてくる。

「んんっ、んっ」

熱い舌が滑り込み、存分に吸い上げられる。

逆らう術はなかった。せめて舌を噛んでやろうとしても、口中に広がる甘さに負けてしまう。

男に芯まで犯されているのに、中心は熱くなったままだった。

今まで知らなかった悦楽を簡単に引き出され、身体が言うことを聞かない。

下衣を引き裂かれて素肌がさらされている。けれども胸にはまだ鎖が巻きついていた。後ろ手に縛られた体勢もそのままだ。

なのに、尻だけ掲げて男に犯されている。

ちらりと想像しただけで、屈辱のあまり死んでしまいそうになった。

「見込んだとおり、おまえの身体は極上だ。まだ入れただけなのに、俺のに吸いついてくる。そろそろ動くぞ。呼吸を合わせて、おまえも動け。もっと気持ちよくなれるように、淫らに腰を揺らすんだ」

「だ、誰が、そんな真似……っ」

侑李は必死で首を左右に振った。

だが、そんな反応もレオニダスの手の内だ。

「いいぞ。そうやって最後まで足掻け。おまえが逆らえば逆らうほど、屈服させる楽しみが増すからな」

レオニダスはいきなり腰を退き、そのあと勢いをつけて最奥まで打ちつける。

「あぁっ」

強引な動きに痛みが走る。

しかし、それと同時に体内を走り抜けたのは、痺れるような快感だった。

レオニダスは自分に屈辱を与えるためだけに、無体な真似をしている。

戦場で見《まみ》え、一騎打ちで刃を交えた。

敵であっても立派な将だと賞賛の気持ちさえあった。

けれども今になって、初めて憎しみが芽生えてくる。

敵国の将として処刑されるなど甘い夢だった。奴隷として過酷な労働を強いられることも覚悟した。でも与えられたのは、これ以上ないほどの屈辱だ。

だが、たとえどのような目に遭おうと矜持は捨てない。

レオニダスには絶対に屈服しない。するものか。

圧倒的な力で揺さぶられながら、侑李はただそれだけを思っていた。

四

鐘国の皇孫であった侑李は、ファルミオン王レオニダスの性奴隷と成り果てた。

配下に加われと言われた時に従う素振りを見せておけば、ここまで立場が悪くなることはなかっただろう。

ファルミオン王国は短い間に秦羅をはじめとする数々の国をのみ込んだ怪物だ。王に従う振りをして、逃げ出す好機を探す。

それが一番賢いやり方であったにもかかわらず、約定を破るような卑怯な真似はできないと、つまらぬ矜持を優先させたがために、最悪の結果を招いてしまったのだ。

精も根も尽き果てるほど陵辱されたあと、侑李の身柄は王の寝所《しんじょ》の隣へと移された。

男の身であるのに、王の夜伽《よとぎ》を務めることになったのだ。

性奴《せいど》と呼んでいい立場になったのに、何故か大勢の侍女や侍童《じどう》が王の寵愛《ちょうあい》を受ける侑李に傅《かしず》いている。そして朝から晩まで侑李の肌を磨き、美しく着飾らせることに専念していた。

与えられた部屋は、秦羅の元王族が使っていたもので、恐ろしく贅《ぜい》を凝らした調度が揃っている。

秦羅人は遊牧の民で定住しない傾向にあるが、王族や貴族は別だ。王都は東西の交易の要《かなめ》として昔から栄えており、様々な珍しい品なども集まってくる。ゆえに、異国情緒漂う宮殿は本当に煌《きら》びやかで、調度や小物にも華麗なものが揃っていた。また着物類や簪《かんざし》などの宝飾品も美しいものが多かった。

王の寵愛を受ける侑李は、その贅沢極まりない品々の中からさらに厳選したものを身につけさせられていたのだ。

庭園への扉を開け放った部屋には、昼の光が満ちている。

湖を渡ってくる風も爽《さわ》やかで気持ちのよい日だったが、椅子に腰かけた侑李は冴えない表情だった。

秦羅風の青地の衣に銀色の帯をつけている。鐘国のものと違って下裳はゆるやかに合わせる形で、その下の下衣には腰近くまで切れ目が入っている。そのため動きやすくはあるものの、時折素足が覗いてしまうので注意が必要だった。

髪は頭頂部で小さな髷《まげ》を結い、残りは背中に垂らしていた。繊細な細工を施した金の額飾りと、髷を覆う冠《かんむり》。佩飾《はいしょく》をはじめとする飾りものには翡翠《ひすい》や瑠璃《るり》をあしらってある。

薄く化粧も施されているのだが、元気のなさは隠せなかった。

「侑李様、どうぞ、ひと口だけでも召し上がってくださいませ」

卓子には色とりどりの料理の皿がずらりと並んでいる。

しかし、侑李は相変わらず食欲が減退したままだった。

もとより、衰弱して餓死しようとは思っていない。ただ色々頭を悩ませることばかりで、箸を付ける気になれないだけだ。

「すまない」

熱心に勧めてくる侍女に悪いと思い、侑李は短く謝った。

「侑李様、陛下がたいそう案じておられます。何も召し上がれないようでしたら、医官を呼ぶようにとおっしゃって」

「いや、医官は呼ばなくていい。病《やまい》というわけではないから」

侑李は心配そうな侍女の言葉を遮《さえぎ》った。

そのあと、ふと思い直して、新たに頼み事をする。

「何か、口当たりのよい果実があれば……」

「果実ですね？　すぐにお持ちしましょう！」

侑李の言葉に若い侍女は喜色を浮かべ、ぱたぱたと走り出していく。

侑李はため息混じりに後ろ姿を見送った。

秦羅人の侍女たちは、侑李が虜囚であっても心から仕えてくれている。

多少時間がかかるだろうから、庭園でも眺めながら待っていることにしよう。

そう思い、席を立って歩き出そうとした時だった。

「陛下！」

卓子のまわりに集まっていた侍女たちが唐突に声を上げる。

現れたのはレオニダスだった。

黒地に銀の縫い取りのある膝丈の上衣に、銀の飾りを散らした帯をゆるく締めている。鐘国人とは違って、金色の髪は結い上げていない。まるで獅子の鬣のように精悍に整った顔を際立たせている。

肩から床まで届く漆黒《しっこく》の肩衣をつけた王に、侍女たちはいっせいに拝跪《はいき》する。後ろには茶器を持った侍女が二人ほど従っていた。

レオニダスはゆったりと近づき、真っ直ぐに侑李を見据えてきた。

鋭い金の眼差しに、侑李は心ならずも足をすくめた。

鎖で縛られていたのは最初に陵辱された夜だけだ。今は拘束されることもなく、庭園を散歩する自由も得ている。もっとも、どこへ行くにも大勢の供がついてまわるので、簡単に逃げたりはできないのだが。

侑李は王の覇気《はき》に怖《お》じ気《け》づきそうな己を戒《いまし》め、自分を支配する男をしっかりと見つめ返した。

「また食事を取っていないそうだな」

レオニダスは手つかずで残された料理の皿に目をやり、そのあと咎めるように侑李へと視線を移す。

「食欲が……ないのです」

侑李は小さく答えた。

「食事を取らなければ、そのうち死ねる。いまだにそう思っているのか？」

レオニダスはゆっくり侑李へと近づきながら言う。

「いいえ」

侑李は首を左右に振った。

今の立場から逃れるために自死を選ぶ。そんなつもりはまったくない。

しかし、誤解を解くには、さらに己の弱さをさらけ出すことになる。

精神的な重圧に耐えかねて食欲がない。

そんな無様をさらすわけにはいかなかった。

「死ぬ気がないのに食事を取らぬとは、俺への当てつけか？」

「いいえ」

侑李はこれにも首を振った。

「では、どういうつもりだ？　医官も呼んでいないと聞いたぞ」

「別にどこも悪くありません。……食事が口に合わないだけです」

これもひとつの理由だと、侑李は正直に口にした。

しかし、レオニダスの眼差しがさらに険しくなる。

「ほお、鐘国の皇子は、秦羅人が作った料理はお気に召さないか。ここまでの道中では固い肉も口にしていたはずだが、この宮殿に入ったと同時に好みが変わったとはな」

皮肉っぽく吐き捨てられて、侑李は内心で笑い出しそうだった。

レオニダスは、侑李が食事を取らないことを、反抗だと思っているのだろう。それに、異国の者を見下しているとも、思われたようだ。

鐘国の宮廷では確かに、秦羅を下等国と断じている。それに血筋こそがすべてだと、王族貴族と一般の民との間には明確な線引きがなされていた。

しかし、目の前の男は違う。

奴隷から身を起こし、短い間にファルミオンだけではなく、秦羅や亜国を制覇したのみならず、鐘国軍でさえも簡単に追い払ってみせた。

もし、あのままファルミオンの混成軍が鐘国に攻め入ったとしたら、どうなっただろうか。

想像するだけで恐ろしいものがあった。

侑李自身には、人の貴賤《きせん》が生まれによるものとの意識はない。

けれども、それを声高に語ったとて、今の立場が変わるわけでもなかった。

「どうした、黙り込んで……言い訳なら、聞いてやるぞ」

馬鹿にしたようにたたみかけられる。

それでも侑李は静かにくり返すだけだった。

「何も、ありません」

レオニダスはじっと探るように見つめてくる。

眼差しが揺らぎそうになるが、侑李は懸命に堪えた。

ややあって、先ほどの侍女が慌ただしく戻ってくる。

「侑李様、お待たせいたしました！　……あっ！」

レオニダスの姿を目にして、侍女は驚きの声を上げる。

後方には、銀の脚付きの盆を捧げ持っている朋輩《ほうばい》が控えていた。見れば、氷を砕いたものの上に、切り分けた果実が山のように盛りつけられている。

「陛下、お騒がせして申し訳ございません。侑李様に果物をお持ちしたのですが、よろしかったでしょうか？」

侍女は臆した様子もなく奏上《そうじょう》する。

「果物？」

レオニダスは怪訝そうに訊ね返した。

「はい。侑李様が果物なら食せるかもしれないとおっしゃったので、急いで用意させました」

「なるほど……食欲がないとは、本当のことか」

レオニダスは納得がいったというように振り返る。

侑李は居心地の悪い思いに、視線をそらした。

おそらく誤解が解けたのだろう。でも、それはどうでもいいことだ。

だが、レオニダスのほうは意外な行動に出る。

「その果物、あっちの卓子に運べ。薬湯《やくとう》も一緒に置いておけ」

レオニダスが示したのは、窓辺に設置された低めの卓子だった。そばには横になって休むこともできる背もたれのない大きな長椅子が据えられている。

「かしこまりました」

侍女は丁寧に一礼してから、朋輩に指図する。

料理の皿が次々に片づけられていく一方で、窓辺の卓子に銀の盆と小皿などが運ばれた。一緒に茶器の用意もされている。

レオニダスに従ってきた侍女も、薬湯らしき茶器を置く。

「侑李、こっちへこい」

「え?」

いきなりの言葉に、侑李は目を見開いた。

レオニダスは侑李の手首をつかみ、窓辺へと誘導する。

逆らうわけにもいかず、長椅子に掛けさせられた。

「侑李の面倒は俺がみる。おまえたちは下がっていいぞ」

レオニダスの命に、侍女たちはしずしずと下がっていく。

日中といえど、ふたりきりになるのは避けたい。しかし、侍女たちを引き留める権限はない。

侑李は黙って言いなりになるしかなかった。

レオニダスはばさりと肩衣を外して隣に腰を下ろした。

「このところ暑い日が続いていた。なるほど、砕いた氷で果物を冷やすとは贅沢だな」

「私は果物なら食べられるかもと言っただけです」

侑李は思わず言い訳した。

「なんだ、すねたような言い方だな」

レオニダスは何故か、上機嫌になっている。

侑李は眉をひそめたが、レオニダスが続けた言葉で、さらに驚かされることとなった。

「俺が食べさせてやろう。さあ、口を開けろ」

「な、何を言って……っ」

侑李はとっさに身を退いたが、レオニダスに肩を抱かれるほうが早かった。

そのうえレオニダスは葡萄を一粒指で取って、侑李の口に押しつけてくる。

いきなりの行為に、侑李は羞恥でかっと頬を染めた。

「どうした？　果物が食べたかったのだろう」

「やめてください。自分で食べられます」

侑李はぐいっとレオニダスの手を押しのけた。

だが、それぐらいでこの傲慢な男が退くわけがない。

「素直じゃないな」

レオニダスはそんなことを言いながら、葡萄の粒をいったん皿に戻した。

ほっとしたのも束の間、レオニダスはいきなり侑李を抱きすくめる。

「何をするんですか?」

怒りに駆られて睨みつけたが、レオニダスはにやりと笑っただけだった。

「手が邪魔だな」

レオニダスは抱きすくめた侑李から、佩飾の紐を引き抜いた。そして無理やり両手を後ろに回させて縛りつける。

後ろ手に拘束され、侑李はくっと唇を噛みしめた。

最初に陵辱されて以来、性の捌《は》け口になっている。何をされても逆らえない立場だった。

「さて、これで手は使えないだろう。さあ、何が食べたい? 桃? 梨? 茘枝《れいし》? それとも柑橘類《かんきつ》?」

氷の上には食べやすいように皮を剥いて小さく切った果実がたくさん載っている。

食欲のなかった侑李も、冷たくて美味しそうな果実にはかなりそそられた。

「自分で食べますので、手を解いてください」

「駄目だ」

レオニダスはにべもなく言って、勝手に梨を手に取った。

「レオニダス様」

「まずは、これだ。口を開けろ」

何を言っても無駄なのだろう。

侑李は内心でため息をつきながら、小さく口を開けた。

「ふむ、やっと素直になったな」

レオニダスの手で口に入れられた梨に齧《かじ》りつく。

侑李は冷えた果肉に、しゃりっと歯を立てた。

口の中に爽やかな甘味が広がる。

香辛料の強いこの地方の料理とは違って、果実の味は鐘国のものとさほど変わらない。いや、それよりずっと美味しいのではないかと思った。

「次は何がいい？」

レオニダスはさらに食べさせる気で訊ねてくる。

「もういい加減で手を解いてください。子供じゃありませんから、自分で食べられます」

「それじゃ、俺がつまらん」

さらりと告げられ、侑李は思わず絶句した。

「最初に我が儘を言ったのはおまえだ。死ぬ気がないなら、いっぱい食べろ」

レオニダスはそう言って、次から次へと果実を押しつけてくる。

腹は立ったものの、侑李とて自ら死を選ぶつもりはない。屈辱を感じつつも、懸命に果実を口にした。

しかし、五回、六回ともなると、さすがに食べられなくなってしまう。

「もう無理です」

侑李は最後の果肉を嚥下《えんか》して、正直に告げた。

「本当にもう無理なのか？」

レオニダスは意外にも優しげな声で問い質《ただ》す。

「本当にもうお腹がいっぱいです」

「そうか」

これ以上、無理に押しつけられることはないと、侑李はほっと息をついた。

考えてみれば、大国の王自らがやることではない。玩具の自分を死なせないためだとしても、おかしな男だと思わずにはいられなかった。

「食事が口に合わないのか？」

「……はい」

侑李は素直に頷いた。

「俺は飢えを知っている。腹が減っても食べる物がない。昔はそんな毎日だったからな。だから、食い物など、食べられさえすればどうでもいいと思っている。おまえが深窓育ちだということを忘れていた。これからは、鐘国風の味付けのものを用意するように命じればいい」

「でも、それは……」

侑李は口を濁した。

レオニダスは決して暴君ではない。飢えることを知っているとは、奴隷だった頃の話だろう。今の自分も奴隷と同じ立場だが、過酷な労働を強いられているわけではない。手をつけなかったものは下働きの者に下げ渡されるとは思う。でも、味付けにまで注文をつけるのは、それこそ我が儘なのではないだろうか。

「夜伽を務めるおまえは、いわば王の極上の持ち物だ。いちいち遠慮はするな。飢えて死ぬ気がないなら、そうしろ」

レオニダスの言葉に、侑李はかっと怒りを煽られた。

ほんの少しは優しいところがあるのでは。そう思っていたのに、これでは台なしだ。

「自裁は許さない。そう言ったのはあなたでしょう？　私は誓約を違《たが》えるつもりはない」

憤然と告げると、レオニダスはにやりとほくそ笑む。

「そうだ。そうやって生きのよさを見せろ。大人しく俺に従うだけの人形には興味がない」

嘲るように言われ、ますます怒りが煽られた。

「私が約束したのは、自分では死を選ばないこと。それだけだ。あなたの趣味につき合うつもりはない」

「くくっ、いいぞ。その調子だ。おまえは俺の極上の奴隷。おまえの誇り高さは評価に値する。その強気をへし折る楽しみがあるからな。死ぬ気がないというなら、とことんつき合ってもらおうか」

金色の瞳を光らせたレオニダスに、侑李はいやな予感がした。

「そろそろ、手を解いてもらえませんか？」

「いいや、手はそのままだ」

「何をするつもりです？」

「食後は楽しまないとな」

レオニダスはそう言いながら、侑李の上衣に手をかけた。

ぐいっと合わせを広げられる。

「な、何を……っ」

「言っただろう。お楽しみの時間だ」

後ろ手に縛られているので、ろくに抵抗できなかった。

下衣も一緒に広げられ、胸があらわになる。

「こんな日中から、何を考えているのですか？」

侑李は懸命に身体をよじりながら訴えた。

だがレオニダスは、ふんとせせら笑っただけだ。

「おまえの食事はこの果実だったな。もう少し続けたらどうだ?」

「いったい何をする気ですか?」

レオニダスは再び葡萄の粒を手にした。

「これをもう少し食べろ」

口に押しつけられたが、侑李は懸命に首を振った。

するとレオニダスは何を思ったか、その粒を胸に当ててくる。そうして、頂《いただ》きに擦りつけた。

温かな肌に氷で冷えた果肉が触れ、侑李はびくりと反応した。

しかも、散々弄られて過敏に反応するようになった場所だ。

「ふ、ふざけた真似は……、や、やめてください」

「片方だけではいかんな。こっちもか?」

レオニダスは侑李の言葉など聞こえていないかのように、もう片方の乳首へと葡萄を移動させる。

「くっ」

敏感な先端を刺激するように、上下に擦られ、侑李はたまらず呻き声を漏らした。

こんなことで胸の先端が固くなるのは屈辱だった。

葡萄で押されているだけなのに、先端が凝ってさらに過敏になっていく。

たまらぬ感覚に侑李は身悶《みもだ》えた。

思わず身体をよじって長椅子に背を倒すと、上衣がはだけて肩まであらわになった。その拍子に下衣が引っ張られ、裾まで乱れてしまう。

「苦しそうだな。少し楽にしてやろうか」

レオニダスは楽しげに言いながら、身体を締めつけていた帯を解く。

「お、お願いです。これ以上は」

侑李は屈辱にまみれながら懇願した。

「これぐらいでお願いされても面白くない。真剣なお願いは、あとまで取っておけよ」

あろうことかレオニダスは、帯を解くと同時に両足の間に手を挿し込んでくる。

探るように触れられたのは、節操もなく熱くなり始めた花芯だった。

「やっ」

ぎゅっと両足を閉じるが、覆い被さってきたレオニダスの手は阻めない。しっかりと花芯を握り込まれ、逃れる術はなかった。

「ふむ、こちらはすこぶる元気そうだな」

「んんっ」

これ見よがしに花芯を擦られて、侑李は羞恥で身の置き所がなかった。

男同士の間でも、また心を伴わぬ行為であっても、触れられれば反応する。それを暴《あば》き立てられることが、死ぬほど恥ずかしかった。

いっそ意思のない石にでもなりたいと思うけれど、レオニダスにはすべてを知られている。巧みな手淫《しゅいん》には逆らいようがなかった。

「食べるか？」

レオニダスが示したのは、先ほどまで乳首に押し当てていた葡萄だ。

これ以上の辱《はずかし》めはごめんだと、侑李は激しくかぶりを振った。

「美味《うま》そうだがな」

「あっ」

思わず叫んだのは、レオニダスが自分の口に放りこんだからだ。

玩具にしていた果実を美味そうに食《は》んでいる。

食べ終えたレオニダスは、花芯に当てた手をそのままに、さらに不穏なことを言い出した。

「上の口で駄目なら、もっと他のところで食べるか？　たとえば……」

花芯を握っていた手がするりと後方へ動く。

はっと身をすくませているうちに、レオニダスの手で片方の膝を立てさせられた。

そのまま腰を押さえ込まれて、あらわになった窄まりに指を這わされた。

ぶるりと身体が震えた。

いやな予感しかしない。

レオニダスは空いた手でもう一粒葡萄をつかみ、それをあろうことか窄まりに押しつけてきたのだ。

　冷たい感触に背筋が凍りつく。

「な、何をする……っ」

「ん？　ここなら、食べられるのではないか？」

　とぼけたような答えに、侑李はかっと怒りを煽られた。

「あ、あなたは、た、食べ物を、な、なんだと思っているのですかっ。こんなふうに、粗末にするなど……っ！」

　腰をよじって切れ切れに叫ぶと、レオニダスははっとしたように金色の目を見開く。

　何か問いたげな様子に、侑李はきつく睨みつけた。

「ふむ、今のは本気のようだな」

「あ、当たり前です。私を嬲るのはけっこうですが、いくらあなたが王でも、やっていいことと悪いことがあるでしょう。せっかくの恵みを、このような下劣な遊びに使うなど……っ」

　侑李は一気に訴えた。

　悔しさと惨めさで、青の瞳には涙が滲む。

　さしものレオニダスも侑李の勢いに押されたように、葡萄の粒を卓子の上に置いた。

　そして、まるで涙の痕《あと》をなぞるように、優しげな手つきで頬を撫でてきた。

「悪かった。おまえの言うとおりだ。さっきは飢えを知っているなどと偉そうに言ったが、大事なことを忘れていたようだ。おまえのほうが正しい」

レオニダスに頭を下げられて、侑李は呆然となった。

背中に手を入れられて抱き起こされる。拘束も解かれたが、すぐにはなんの反応もできない。

ぼうっとしたままでいると、レオニダスは薬湯を湯飲みに注ぐ。

「薬湯は飲んでおいたほうがいい。俺が飲ませてやろう」

レオニダスはそう言いながら、薬湯を自身で呷る。

そして侑李の肩を優しく抱き寄せ、唇を寄せてきた。

「え、あの……?」

問い返したせつな、レオニダスに口づけられていた。

顎をつかまれて上を向かされ、口中に薬湯を注ぎ込まれる。

苦みはあるものの、薬湯には香草も混ぜてあって、しかも飲みやすいように冷やされていた。

「もう少し飲んだほうがいい」

レオニダスはさらに二度、三度と口移しで薬湯を与えてくる。

そんな必要はない。自分で飲む。

そう抗議する暇さえなかった。

最後の薬湯を嚥下したが、何故かレオニダスの口は離れていかない。

そのうえ、熱い舌が口中深く挿し込まれた。

「んっ」

慌ててもがいてみたが、レオニダスはしっかりと抱きしめてくる。

舌が淫らに絡むと、薬湯の苦みを押しのけ口中いっぱいに甘さが広がった。

レオニダスは舌を巻きつけ、根元からそっと吸い上げてくる。

そんな真似をされては、中途半端に煽られていた身体がまた熱くなってしまう。

「んんっ、ん、くっ」

侑李は必死に逞しい胸を押すが、ますます強く抱きすくめられただけだった。

息が上がり、酒で酔ったように身体中が熱くなった頃、ようやくレオニダスが唇を離した。

「侑李、今日はおまえを気持ちよくしてやるだけにしよう」

不穏な言葉が漏れ、侑李ははっと我に返った。

「どういう、ことですか？」

「言葉どおりだ。無体な真似はしない。おまえを気持ちよくしてやるだけだ」

なんでもないことのように言われ、侑李は心底焦りを覚えた。

罰を与えるような遊びは終わったのではないのか？

そう訴えたかったが、レオニダスにそっと押し倒されるほうが先だった。

「ま、待ってください。日中からこんな淫らな真似、本当にやめてください」

「俺は王だ。気に入った者を抱くのに、誰に遠慮しろと言うんだ？」

「よ、世継ぎを作る行為ならまだしも、私は男なのに……っ」

「世継ぎなどいらん。俺はおまえがいいんだ。男だろうと関係ない」

返ってきたのは、王としてあるまじき発言だ。しかし、それに応じている暇はなかった。最初から乱れきった格好だったので、レオニダスの手はすぐに肌の上を滑り出す。葡萄で濡れた胸の尖りを摘まれると、否応なく身体中が震えた。

「ああっ」

「ここがますます敏感になったな。少し膨《ふく》らんできたか？」

レオニダスはそんなことを言いながら、胸の先端を弄ぶ。

きゅっと摘まれたり、固くなったところへ爪を立てられたりすると、たまらなかった。身体が震えるだけではなく、あらぬ場所まで熱くなっていく。

レオニダスは手で弄るだけではなく、敏感な先端に唇まで寄せてくる。

ちゅくりと音を立てて吸い上げられて、侑李は反射的に腰を突き上げた。

「やっ、ああっ」

「なんだ。乳首ではなく、直接愛撫がほしいのか？」

揶揄するような言葉とともに、レオニダスの手がするりと下降する。

「ち、違……ああっ」

侑李は辛うじて首を振ったが、それもレオニダスの手で花芯を包み込まれるまでだった。

乳首に刺激を受けながら、花芯も掻き立てられる。

快感は堪えようもなく、全身にまわった。

「いやっ、あ、あん……んぅ」

自分の口から漏れる甘い嬌声が信じられなかった。

レオニダスは思わせぶりに、平らな腹に舌を這わせている。胸から離れた手は、両足の間に挿し込まれ、するりと内腿《うちもも》が撫でられた。

侑李は一気に高められ、ろくに抵抗もできなくなる。

そんな時、レオニダスがふと声を上げた。

「なんだ。おまえたちも来たのか」

「え？」

とろんとなった目を見開くと、三対《つい》の金色の瞳が覗き込んでいた。

レオニダスが愛玩している獅子と虎と黒豹だ。

襲われることはないとわかっていても、一瞬恐怖を感じる。

「おまえたち、侑李を脅《おど》すなよ。今は侑李を気持ちよくさせてやっているところだからな」

レオニダスは獣たちを追い払うでもなく、親しげに声をかけている。

「む、向こうへ……」

侑李は掠れた声を上げた。

しかしレオニダスはにやりと笑ってみせたかと思うと、いきなり顔を伏せてくる。

「やっ、な、何？　やめて、ください……ああっ」

必死に腰をよじったけれど間に合わず、すっぽりと花芯を咥えられてしまう。

淫らな格好を見つめている三対の目に、侑李は息が止まりそうだった。

けれどもレオニダスは口淫を止めず、固くなった幹を舌でなぞり上げる。先端まで滑らせたあとで、窪みまで舌先で探られた。

「やあっ、もう……やめ……っ」

侑李は涙を溢れさせた。

すると何を思ったのか、一番躯《からだ》の大きな獅子が前肢《まえあし》を伸ばしてくる。

驚いたことに、まるで侑李を宥めるかのように、髪の毛を擦られた。

次に行動を起こしたのはくっきりとした縞模様の虎。長椅子の横からぬうっと顔を突き出し、涙で濡れた頬を舐めてきたのだ。

「な、何……やっ、ああっ、あくっ」

獣たちがそんな行動に出ていても、レオニダスは気にしたふうもなく口淫を続ける。

主《あるじ》に咎める様子がないと知って、獣たちはさらに大胆に動き始めた。

黒豹が長椅子に乗り上げてくる。そして侑李に添うように寝転んで、剥き出しの胸に舌を這わせてきたのだ。

「やっ、駄目、そんな……っ、ああっ」

侑李は悲鳴を上げたが、腕を振り上げるわけにはいかない。殴りかかれば逆に咬《か》みつかれてしまう恐れがあった。

「おまえたちも侑李を慰めたいのか。こいつは俺のものなんだが……、まあいいだろう。好きにしろ。ただし、絶対に侑李の肌には傷をつけるなよ」

「やっ、レオニダス様、どけて……」

侑李はか細い声で頼み込んだ。

「こいつらも、おまえを愛でたいらしい。今日は特別に許してやるとしよう」

「いやだ」

懸命に首を左右に振ったが、レオニダスはにやりと笑っただけだ。

「怖いなら目を閉じていればいい。気持ちよさだけを感じていればいいんだ」

願いはむなしく、レオニダスは再び下肢へと顔を伏せる。

固くなったままの花芯を深く咥えられ、侑李は絶望と快感の狭間で両目を閉じた。

「ううっ」

的確に加えられる花芯への愛撫で肌がますます過敏になる。

なのに、胸の突起をざらりとした大きな舌で舐められた。

頬や首筋を舐める舌と、腕や足を舐める舌。

どこをどの獣が舐めているかわからなかった。

怖くてたまらないのに、快感が迫り上がってくる。

レオニダスに花芯を吸引されると、我慢がきかず欲望を噴き上げてしまいそうだった。

何をされても感じずにいられればどんなによかったか。

レオニダスの手管で勝手に快感を得てしまう己の身体が心底厭《いと》わしかった。

「あ、んぅ、くふ……んん」

響くのは口をついて漏れる甘い喘ぎだ。

限界に達しそうな中心では、レオニダスがいやらしく舌を絡めて吸い上げる音も響いている。それに交じって獣たちが舌なめずりする音。

目を閉じていても、自分がどれほど淫らな姿をさらしているかがわかる。

「くふっ、あぁ……あんぅ、も、もう駄目……、は、離してくだ、さいっ」

侑李は切れ切れに限界を訴えた。

こんな格好でレオニダスの口に吐き出すことはできない。でも、もう本当に我慢がきかなかった。

「そのまま素直に出せばいい」

レオニダスは咥えていた花芯を離して言う。

「いや、だ……っ」

「ずいぶん我慢強いな。いつまで堪えていられるか、試してやろう」

「な、何……っ？」

不穏な言葉に侑李は身をすくめた。

次の瞬間、再びレオニダスの唇が花芯を包む。

だが、それだけではなく、後ろにまわした指で窄まりを撫でられた。

「やっ、ああっ……あぁぁ——っ」

つぷりと指を奥まで突き挿されたせつな、侑李はとうとう限界を超えた。

レオニダスの口に、どくりと思うさま吐き出してしまう。

後孔に食んだ指を思いきり締めつけながら、受け止めきれない悦楽で気が遠のいていた。

五

遊牧の民の国秦羅は王都以外に大きな都市こそないものの、鐘国を上まわる国土を有している。もっとも、その大部分は高い山脈や草木の生えない砂漠地帯だ。しかし天山を擁《よう》した王都は豊かな自然に恵まれていた。

王宮は湖の北に位置し、対岸は商業区。その中間地帯には力のある貴族たちの館や寺院などが建ち並んでいる。どの建物も樹木に囲まれ、純白の冠雪《かんせつ》を戴《いただ》く天山と真っ青な空、満々と水をたたえた湖との対比が美しい。

侑李が囚われの身となって、ひと月ほどが経っている。レオニダスの命で料理が鐘国風の味付けに変えられ、侑李はなんとか食事が取れるようになった。

自分がとんでもなく我が儘なようで気がひけたが、レオニダスをはじめとして侍女たちも誰ひとり咎めることなく、むしろ喜んでくれている。

夜、性奴隷として扱われることを除けば、非常にのんびりとした日々が続いていた。

女のように抱かれ、強制的に感じさせられて、侑李の中にはもはや男としての誇りは欠片《かけら》も残っていない。厭わしいのはレオニダスの手で簡単に屈服してしまう己の身体だった。

しかし、それも夜毎《よごと》となれば、諦観《ていかん》せざるを得ない。最初の頃はレオニダスを激しく恨みもしたが、苦痛を感じる胸に蓋《ふた》をすれば、少しは落ち着いていられるようにもなった。

レオニダスを王とするファルミオンは不思議な政務を行う国だ。

側近はファルミオン人だが、秦羅人や他の国の者も多数重用《ちょうよう》されている。

鐘国ではよほど高位の者でない限り、皇帝の姿を目にすることはない。だがレオニダスは王宮でも気軽に下位の臣下と接している。

昼間、侑李とお茶などを飲んでいる時も、臣下は平気でやってくる。

「陛下、そろそろ次なる目標を立てませぬと」

四阿で獅子や虎を相手に寛《くつろ》ぐ王に、片膝をついたテオドロスが訴える。

レオニダスは気が乗らなさそうに、獣たちの首や背を撫でているだけだ。

「テオドロス殿、ついこの間、鐘国軍を追い返したばかりではないか。今はこの秦羅でしっかりした政の基盤を作るべき時だ。陛下やお主はともかく、兵たちには休養も必要だろう」

四阿には文官のラザロスも来ており、呆れたように武官を窘《たしな》めた。

短い銀髪に思慮深い茶色の瞳。白地の足首まで覆う長袖の貫頭衣《かんとうい》に暗紅色《あんこうしょく》の模様を刺した帯をつけている。三十代半ばのラザロスは一見すると穏やかな風貌だが、年若い武官に負けぬ覇気があった。

「何を言われるのだ。貴殿の手にかかれば、政《まつりごと》などいかようにもなろう。この国が陛下に禅《ぜん》譲《じょう》されて一年経たぬが、都の賑わいは二倍、三倍ともなっている。それも貴殿の差配によるもの。今では秦羅の貴族どももも、しっかり顎で使っておるではないか」

「ファルミオンの領土は広くなりすぎた。秦羅国だけではない。広大なファルミオンをひとつの国としてうまく治めるには、今が一番大事な時。些末なことにとらわれている場合ではない」

「いやいや、ファルミオンを帝国と成すならば、それこそ先に禍根を断っておくべきだ」

テオドロスとラザロスは、王の御前《ごぜん》であるにもかかわらず、遠慮もなしに言い合いを続けている。

石造りの長椅子にレオニダスと並んで腰かけた侑李は、不思議に思わずにいられなかった。

ファルミオン人の礼節とはこのようにゆるいものなのか、それとも、レオニダスだけがそれを許しているのか。

当のレオニダスは、我関せずといった体で欠伸をしている。

統治にはまったく興味がないのか、熱のある言い合いを完全に聞き流していた。

もうひとつ不思議なのは、ここにいる異国人は侑李だけなのに、何故か二人とも流暢な鐘国語を話していることだった。

「あの、どうして皆さんはそれほど鐘国語がお上手なのですか」

ぽつりと口をついて出た言葉に、侑李自身がはっとなった。

言い合っていたふたりにも、穴の空く勢いで見つめられる。

「言葉は基本だろう」

ふいに口を出したのは、獣たちと戯《たわむ》れていたレオニダスだった。

「基本とは？」

「異国の者と意思の疎通《そつう》を図るには、言葉を抜きにはできん。ファルミオン語を話す通詞《つうじ》など、そうそう見つからぬからな。自分で覚えたほうが早い」

侑李は目を見開いた。

外《と》つ国《くに》の言葉は簡単に習得できるようなものではない。

「侑李殿、学のありそうな貴殿ならわかるだろう？　異国の言葉を覚えるのがどんなに大変か。しかし陛下はどんな国でも、十日もあれば会話に不自由されぬようになる。このラザロスはひと月だ。だが、俺は半年以上血の滲むような努力を重ねて、近頃ようやくしゃべれるようになった。何しろ現地の者と話ができなければ、戦には連れていかぬ。妨《さまた》げになるだけだからファルミオンへ帰れと言われるからな。俺だけじゃないぞ。配下の者も一緒だ。どれだけ苦労していることか」

ぼやくようなテオドロスの言葉に、侑李はさらに驚愕《きょうがく》することとなった。

「鐘国語をたった半年で？　いえ、それよりレオニダス様が十日ほどって……」

あとはもう言葉にならなかった。

鐘国と秦羅は、言い回しなどに違いはあるものの、同じ言語を使う。

しかし、何度か耳にしたファルミオン語はまったく違っていた。

それなのにレオニダスはたった十日で覚えたというのか？

「侑李殿が驚かれるのも無理はない。陛下は特別なのです。言葉を操ることに関して自信があった私も、陛下の前では形無しですからな」

ラザロスは苦笑混じりに言う。

けれどもレオニダスに向ける茶色の瞳には、尊敬と敬愛が十二分にこもっていた。

侑李も自然とレオニダスへと視線を移した。

銀糸《ぎんし》で刺繍《ししゅう》を施した長衣《ちょうい》を、王は肩を抜いて後ろに垂らしている。逞しい胸が覗き、つい見惚《みと》れてしまいそうになる。

肌に刻まれた無数の傷跡が、この男が今までどういう戦いをしてきたのかを物語っていた。

奴隷として生まれたはずなのに、レオニダスはただ強いだけではない。頭のよさも図抜けているのだ。

「なんだ、侑李。おかしな顔をして？」

「あまりにも信じられない話なので」

「異国で迷子になったとしよう。腹が減って一歩も動けない時に、言葉の通じぬ異国人と出会ったとして、おまえならどうする？　最初は身振り手振りで一宿一飯《いっしゅくいっぱん》を乞う。だが、そのあとどうする？　言葉がわからねば感謝の気持ちを伝えることもできん。道を訊ねるにも言葉が重要だ。近隣の様子を訊くには、なおさらだ。必要に迫られれば、人はなんでもできる。赤《あか》児《ご》は何もないところから言葉を覚える。王族や貴族、平民、奴隷、身分の差など関係ない」

「それはそうかもしれませんが……」

侑李はほうっとため息をついた。

自分には決して真似できないだろうと思うと、悔しい気持ちも生まれてくる。

レオニダスはにやりと口元をゆるめた。

「おまえもやってみるか？」

「え？」

きょとんとなると、レオニダスは金の瞳をおかしげに細める。

「おまえもファルミオン語を習ってみるかと言っている。そこのラザロスに頼めば、ファルミオンの歴史などもしっかり講義してくれるはずだぞ」

「よいの、ですか？」

侑李は思わず目を輝かせながら問い返した。

この男の夜伽を務めるだけで、日中は何もせずに過ごすのは苦痛だ。たとえ敵国であっても、異国の事情や言葉を学びたいと思う。

「ああ、いいぞ。ラザロスならいい師になるはずだ。というわけで、頼んだぞ、ラザロス」

レオニダスは侑李からラザロスへと目を移して命じる。

「御意《ぎょい》に」

短く答えたラザロスだが、整った顔には苦笑が浮かんでいるように見えた。

†

「ファルミオンは、十年ほど前まで吹けば飛ぶような小国でした。西には古き帝国、東には言葉も習慣も異なる超大国。双方ともに領土を増やすという野心を持ち、ファルミオンはその狭間で滅亡の危機に瀕《ひん》していた」

侑李を相手にファルミオンの成り立ちを講義しているのは、文官のラザロスだった。武官のテオドロスとは違って、語り口もやわらかく、説明も簡潔でわかりやすい。

「陛下がかつて奴隷だったことはご存じですか？」

静かに訊ねるラザロスに、侑李は頷いた。

「はい、聞きました」

ラザロスはほっとひとつ息をついて、再び語り始める。

「陛下は子供の頃から剣闘士《けんとうし》として戦ってこられたそうです」

「剣闘士とはどういった仕事を？　金銭を得て戦う者たちということですか？」

「いえ、少し違いますね。ほとんどの剣闘士は奴隷身分です。大きな剣闘士の大会は貴族だけではなく平民にも人気で、高額の賭《か》けが行われる。しかし剣闘士自身が賞金を得ることはありません。主に命じられて命懸けの戦いをするだけです。時には猛獣を相手に、時には十対一などの不利な条件でとか、色々です。陛下は七歳の頃から戦ってこられたようで、十五歳頃には無敵の英雄となっていた」

「十五歳で無敵……」

強いとは思っていたが、これほどとは……。

侑李はため息をつくしかなかった。

「誰が相手でも負けなし。陛下に懐いている獅子、あれも敵だった個体です。手加減されたのでしょう。負けたとはいえ、試合後にはちゃんと快復して、それからずっと陛下を追ってきています。こたびの戦では留守を命じられていましたが、あれ一頭でかなりの戦力になります」

ラザロスは柔和《にゅうわ》な顔に笑みを浮かべて語り続ける。

「ある日のこと、東西の超大国は先に目障《めざわ》りなファルミオンを潰してしまおうと結託《けったく》して、怒濤のように攻めてきました。どちらか一方でも簡単に侵略されたでしょうが、それが二国同時。王族や高位の貴族はさっさと他国へ逃げてしまい、残った下級貴族や平民は、等しく死を予感して震えているばかりだった。だが、そこで立ち上がったのが陛下でした。陛下は剣闘士軍団を率いて、敵兵で埋め尽くされた戦場の一角を切り崩した。弱気になった国軍の兵士たちは、英雄の勇姿を見て奮い立った。陛下は奇跡を起こしてくださった。絶望的だった戦で勝利を得たのはすべて陛下のお陰です！」

ラザロスは興奮気味に目を輝かせている。おそらくラザロス自身もその戦場にあって、レオニダスが起こした奇跡を目撃したのだろう。

「勝ち戦を収めた陛下は、ファルミオンの民に熱狂的に迎えられた。王族はとっくに逃げ出しており、国を統治する者がいない。ならばファルミオンを救った英雄が王座に即《つ》くべきだと、すべての国民が望みました。これが、陛下が奴隷王と呼ばれる所以《ゆえん》です」

ラザロスはにこにこしているが、侑李はふと疑問に思った。

物語に出てくる英雄、英傑《えいけつ》。それは理解したけれど、レオニダスがこんな東までやって来た理由が思いつかなかった。

他国を蹂躙《じゅうりん》して領土を広げる。

レオニダスにはそんな欲がないような気がするのだ。

「ファルミオン軍は何故、このような遠国《えんごく》まで遠征を？」

「ああ、それは陛下が望まれたからです」

短い答えに侑李は眉をひそめた。

けれどもラザロスはすぐに手を振って否定する。

「侑李殿が想像されたようなことではありません。秦羅とファルミオン王国の間には、ふたつの超大国と無数の小国が存在しました。超大国はいずれも疲弊《ひへい》しており、重税に苦しめられた民が蜂起《ほうき》するまでとなっていた。ファルミオンの奴隷王の噂は他国にまで鳴り響いており、陛下に助けを求める者があとを絶ちませんでした。陛下は気軽に『では、行ってくるか』と。しかし、陛下をひとりで他国に行かせるなど、もってのほか。陛下は誰がお諫《いさ》めしても決意を変えられることはなかった。それで、内政に携わる官吏《かんり》を残し、多くの者が陛下についていくこととなったのです。陛下に心酔する者たちは競って外征に参加しました。超大国は自滅するかのようにあっけなく崩壊し、次の超大国もまた滅びた。小国は雪崩《なだれ》のように庇護《ひご》を求めてくる。そうしてファルミオンは歴史上例のないほどの大国となったのです。この秦羅も同じことです。鐘国軍が攻めてくる。王位は差し出すから助けてほしいと頼まれた」

自国のことに言及され、侑李は我知らず羞恥を覚えた。

鐘国側にも言い分はある。先に国境を越えて略奪を働いたのは秦羅のほうだと。しかし、宮廷ではそれを逆に好機ととらえ、秦羅の領土をすべて攻め取るつもりでいたのだ。

「陛下は政務にはほとんど口出しなさいません。時折、的確な助言をいただくのですが、これがまた大変で……。統合した国々では自治を推奨《すいしょう》しているのですが、上に立つのはあくまでファルミオンという国になる。いや、まあ、色々と苦労が多くて大変なのですよ」

ラザロスは自嘲気味に言う。

確かに国が大きくなれば、その分苦労も増えるだろう。

おそらく、目の前にいるこのラザロスこそが、政の要となっているのだ。

しばし沈黙していたラザロスが、ふうっとため息をつく。

「ともあれ、ファルミオンの内政は固まりつつある。だが問題はこの先です」

「問題、ですか？」

問い返した侑李に、ラザロスはゆっくり首を振った。

「陛下が退屈しておられる」

「退屈しておられると、どういう問題が？　陛下は政に関して、あまり口を出さないというお話でしたよね」

侑李は違和感を覚えて首を傾げた。

ファルミオン王国が短期間で巨大化したのは、政の面でも成功を収めているからだろう。侑李の印象では、レオニダスに心酔する者たちは、王の命令などなくとも自らの判断で適切な動きをしている雰囲気だ。

ラザロスは侑李の意を汲《く》んだように苦笑を浮かべる。

「ファルミオンがここまでこれたのは、陛下おひとりのお力です。我らは陛下が望まれることを先読みし、少しでもご負担が減るように動いているだけです。今まではそのやり方で何も問題はなかった。しかし最近、陛下はすべてのことに飽いておられるようで、我らも困っているのです。幸か不幸か、あなたには多少の興味を覚えておられるようですが……」

侑李は自然と頬を染めた。

しかしラザロスはそれ以上語ることはなかった。

レオニダスの波瀾万丈《はらんばんじょう》な生き様は衝撃だった。けれども侑李の胸には、英雄と称えられる王が退屈しているということが、より深く刻み込まれたのだ。

†

学習の合間の息抜きで、侑李は庭園へと足を運んだ。

ふと目についたのはレオニダスと猛獣たちが戯れている光景だった。

立ち止まって様子を見ていると、レオニダスは小枝を遠くへ放り投げ、それを獅子たちが我先にと追いかけていく。勝利を得たのは黒豹で、嬉しげに尾を振りながら主の下《もと》へと帰っていく。雪豹は最初からレオニダスに甘えるように躯を擦りつけており、黒豹を先頭に獅子と虎がまっしぐらに駆け寄っていた。

「あっ」

思わず声を上げたのは、猛獣たちが勢いよくレオニダスに飛びかかっていったからだ。

さしもの強靭な王も受け止めきれずに草地に転がる。

猛獣たちは誰が一番のお気に入りかを競うように、倒れたレオニダスに群がっていた。

「おまえたち。少しは加減しやがれ。いっぺんにかかってくる気なら容赦しねぇぞ。そらっ！」

レオニダスは両手で虎をつかんで投げ捨てる。そして起き上がりざまに黒豹を蹴り飛ばし、最後に獅子の鬣をつかんで、額をぶち当てた。

「ガルルル」

「ガウウウ」

「グワォ」

獅子、虎、黒豹は戦意を失わず、それぞれ威嚇の唸り声を上げながらレオニダスを警戒している。優美な雪豹だけは、少し離れた場所で成り行きを見守っていた。

「くはは、どうだ？　もっとやるか？」

レオニダスは、かかってこいと言わんばかりに、両腕を大きく広げる。

白地のあっさりした長衣は草と土で汚れ、金色の髪も乱れていた。腰に佩いた大剣を抜く様子はなく、素手だけで倒してやるとの闘気に満ちている。

負け知らずの剣闘士。それを彷彿《ほうふつ》とさせる猛々《たけだけ》しい姿だ。

猛獣たちは、再びレオニダスに挑みかかった。異種の猛獣が心をひとつにしてたったひとりの敵に向かう様には感動すら覚える。

虎がレオニダスの胴に咬みついた時は思わず肝が冷えたが、血飛沫が上がることはなかった。

レオニダスと猛獣たちは組み付いて草の上を転がる。そのあと再び立ち上がって組み合っている。

時折、獣の咆哮に負けぬ笑い声を上げるレオニダスは心底楽しそうで、退屈な様子など微塵《みじん》もなかった。

王と猛獣は心から信頼し合っている。そして、心から楽しそうに遊んでいるのだ。

侑李の胸を掠めたのは、嫉妬《しっと》めいた思いだった。

あんな笑顔は側近たちにも見せていない。ましてや、自分などには絶対に見せない表情だ。

何故だか、つきりと胸が痛くなった。

いったいこの痛みはどこから来るものなのか……。

ふいに湧き上がった心細さに、侑李は自分の両腕で自分自身を抱きしめた。

いや、私は何を弱気になっているのだ……。まさか、寂しいとでも思っているのか？　レオニダスと猛獣たち。あの仲間に入れなくて……？

ふいに芽生えた不穏な考えに、侑李は慌ててかぶりを振った。

レオニダスから声をかけられたのは、ちょうどその時だった。

「侑李、俺に何か用か？」

獣と戯れていた王はさっと身を起こし、長衣についた草切れや土を手で払っている。

猛獣たちは満足しきったように、少し離れた場所で躯を横たえていた。獅子、虎、黒豹、雪豹が、いっせいに毛繕《けづくろ》いを始めている。ゴロゴロと喉を鳴らす音が耳に達した。

そして猛獣たちが前肢や背を舐める舌が目に入り、侑李はかっと頬を染めた。

居室でレオニダスと猛獣たちに勝手をされたことを思い出してしまったのだ。

「どうした？　赤い顔をして？」

近くまで来たレオニダスは、金色の瞳でじっと見つめてくる。

「なんでもありません。少し息抜きをしていただけです」

侑李は波立つ気持ちを抑え、懸命に答えた。

「そうか。で、学習のほうはどうだ？　ラザロスはよい師だと思うが」

「はい。ラザロス殿は我が国の学者に劣《おと》らぬ見識《けんしき》をお持ちで……」

さらりと訊ねられたことに答えたが、途中で言葉が途切れる。

鐘国は何もかもが優れている。周辺諸国で鐘国に及ぶ国はない。ずっとそう教えられ、また自分でも信じていたせいで、ファルミオンを下に見るような言い方をしてしまった。

しかし、鐘国軍を圧倒した国は軍事だけではなく、内政にも力を入れている。それを支えているのがラザロスだ。

「すみません。言い方を間違えました。ラザロス殿は最高の師です」

侑李は潔《いさぎよ》く謝罪した。

レオニダスは、なんだそんなことかというように、首を振る。

「ま、学ぶ学ばないは、おまえの好きにしろ。強制するつもりはない」

「今日は新生ファルミオン王国の成り立ちについて学びました。あなたは元剣闘士だったとか。

負け知らずでものすごい人気だったと」

何気なく言ったとたん、レオニダスは顔をしかめる。

「ちっ、ラザロスのやつ、そんなよけいなことまで」

「私はファルミオン王国のことを学びたいと思います。あなたが一代で大きくした国でしょう」

「別にそんなことまで知る必要はない」

苛立たしげに言ったレオニダスに、侑李は首を左右に振った。

「いいえ、私は知りたいです。知らなければならないと思う。鐘国は世界一の大国。ゆえに領土を脅《おびや》かす敵はいないと、傲慢この上ない認識しか持っておりませんでした。秦羅の背後に新しき超大国が生まれているなど、誰も知らなかった。いえ、噂ぐらいは届いていたのでしょう。しかし、朝廷がその事実を認めることはなかった。その結果が、あの惨めな敗走です」

「ま、大国になればなるほど、腐敗は進むものだ。ファルミオンも今は隆盛だが、百年のちにはどうなっているかわからんな。それとも、俺が死んだと同時に分裂するか」

なんの感動もなく冷え切った声音に、侑李ははっとなった。

自分の国に対する冷たい評価に、驚いてしまう。

「あなたは自分の国をなんだと思っているのですか？　ラザロス殿やテオドロス殿、他にも大勢のファルミオン人があなたに従ってここまで遠征してきたと聞きました。それなのに、どうして、そんな言い方……」

思わず批判的な口調で問い質すと、レオニダスは皮肉っぽく口角を上げる。

「悪いが、俺は王位になど興味はない。国というものにも興味がない。ラザロスやテオドロスは自分の意志で勝手に俺についてきた。だから、このあとも奴らは勝手にやっていくはずだ。俺がそのことに責任を感じる必要もない」

意外な言葉に、侑李は動揺を覚えた。

レオニダスは皆が心酔する英雄王だ。それなのに王自身は、こんなにも冷え切った思いでいる。

ふいに怒りが込み上げて、侑李はきつい眼差しで傲慢な王を見上げた。

「他国を従えてファルミオンを超大国としたのは、あなたでしょう？　あなたが先頭に立つからこそ、皆がついてきたのではないのですか？　なのに、大切な仲間に対してそんな言い方をするなど、見損ないました」

「ほお、俺を見損なった、とな？　前にもそんなことを言っていたが、見損なったとは、逆を言えば、以前はそれなりに尊敬していたとも取れるが？」

意地悪く指摘するレオニダスに、侑李は顔を赤くした。

けれども、誤魔化されてはならない。からかわれて終わりにはできない問題だと思う。

「揚《あ》げ足を取るような言い方はやめてください。敵国の虜囚である私が言うべきことではないかもしれません。でもラザロス殿はレオニダス様のことを案じておられました。あなたが退屈なさっているのではないかと……」

ラザロスの考えを漏らすことに罪悪感はあったものの、言わずにはおれなかった。

レオニダスは一変して、冷ややかな表情になる。

「ラザロスがそんなことを……、だが、さすがだな。当たってる。俺は確かに退屈しているからな」

レオニダスは嘲るように口にした。

まるで氷のように凍《い》てついた言葉だ。

侑李は何故か悔しくなって唇を噛みしめた。

するとレオニダスがすっと手を伸ばしてくる。いきなり顎をつかまれて、侑李はどきりとなった。

王の唇が近づいて口づけられそうになる。

侑李はすんでで、レオニダスの手を振り払った。

「ふざけた真似はやめてください。今は真面目な話を」

「俺はいつだって真面目だぜ？　餓鬼《がき》の頃は腹が減っていたから戦った。そのあとは自由を求め、そして欲しいものを勝ち取るために戦った。上品な育ち方をしたおまえとは違う。十年間、いや餓鬼の頃から数えればもっとか。とにかく常に戦いの場に身を置いていた。年数を重ねるうちに、何故か王と呼ばれ、国も大きくなった。王になったせいで、まわりの者たちは、もっと体裁《ていさい》を気にしろと言い出した。大国の王らしくあれ、とな。だが俺には関係ない。俺は欲しいもののために戦う。それだけだ。しかし……、今はその欲しいものがない。たったひとつを除いてな……」

激しく吐き出された言葉が、最後には静かになっていた。

苛烈な生き方をしてきたレオニダスが、本当は何を考えているのか、侑李にはますます判断できなくなっていた。

欲しいもののために戦ったと言いながら、勝ち取ったものに執着している様子もないのだ。

それに胸の痛みが続いている理由もわからなかった。

皆から心酔されているというのに、肝心のレオニダスは配下の者たちの思いも、少しもわかっていない。

「レオニダス様は、皆を信用していないのですか？」

何気なく口にして、侑李は自身でも驚いてしまった。

でも、おそらくこれが正解だ。

レオニダスは誰も信用していない。何故、そうなったのかはわからないが、どれだけまわりに崇拝者《すうはい》がいようと、王自身はそのことにまったく興味がないように思う。

侑李はレオニダスから寝そべっている猛獣たちへと視線を移した。

楽しげにじゃれ合っていた姿を思い出すと、不思議な感覚にとらわれる。

猛獣たちのことはあれほど信頼しているというのに、人間に対してはどこかで一線を引き、誰も必要以上には近寄らせない。

「おい、何やら勝手な憶測《おくそく》をしているようだが、それ以上はやめておけ。だいたい、ファルミオン人でもないおまえが気にするようなことでもないだろう」

不機嫌な声が聞こえ、侑李はレオニダスへと向き直った。

間近から金の瞳で鋭く見据えられると、何故だか胸がさらに痛くなる。

レオニダスはぐいっと侑李を抱き寄せて、唇を近づけてきた。

口づけを避けようと身をよじったが、次の瞬間には再び顎をとらえられた。

「レオニ……んうっ」

舌先が滑り込み、口中を荒しまわる。

腰を引きつけられたうえ、顎まで押さえられ、逃げようがなかった。

思わず目を閉じると、レオニダスはいいように口づけを深くする。

「んぅ、んふ……く……」

舌を深く絡められると、甘い唾液が口中に広がる。

根元から吸い上げられると、頭の芯まで痺れてくるようだ。

自然と口づけを受け入れてしまう自分の身体が厭わしかった。

レオニダスはただ男の欲望に従って、自分を支配しようと思っているだけだ。
生意気な口をきいた皇子を屈服させ、ついでに欲望の捌け口とするために。
だが、配下の者にさえ執着しない王が、侑李に執着することはない。
孤高の王はただ気紛《きまぐ》れに、男である侑李を抱くだけだ。
「んっ、うく……」
激しくなる口づけに溺《おぼ》れながら、侑李は何故か寂しさを感じていた。
自分は王に触れられて、簡単に熱くなってしまう。
けれどもレオニダスは違う。
ただ一時《いっとき》の戯れで侑李を抱くが、決して心が近づくことはない。
足から徐々に力が抜け、侑李はぐったりとレオニダスに身体を預けた。
それでもやはり、いつまでも胸の痛みが消えなかった。

六

身体を拘束されることはなくとも、侑李が囚われの身である事実は変わらない。

日中は側近のラザロスに教えを乞い、夜はレオニダスに抱かれる。そんな日々がもう三カ月ほど続いていた。

侑李の部屋には贅を凝らした美しい品々が増えていく。

王は美しい虜囚を寵愛しているとの噂が、王宮外にも広まったせいだ。

ラザロスは苦虫を噛みつぶしたような顔を見せていたが、レオニダスは気にした風もない。

「商人を呼びつけて、何か気に入ったものがあれば買えばいい」

「何を考えておられるのですか？　私は虜囚の身です。贅沢な品などいりません」

あまりの言葉に侑李はそう反撥《はんぱつ》したが、レオニダスは鼻で笑っただけだ。

「鐘国の皇帝ではあるまいし、今のところ王宮で囲っているのはおまえひとりだ。多少の贅沢ぐらい、どうということもないだろう。何しろ俺は、この世界の半分を手に入れた征服王らしいからな。ラザロスなど、もっと金を使ってもらわないと、下々《しもじも》まで金がまわりませんと、苦情を言ってくるほどだ。さりとて俺には欲しいものなどない。代わりにおまえが使ってやれ」

侑李は呆れ果てる思いだったが、そういうわけで王宮の奥まで毎日のように商人がやってくらせるのだ。

「侑李様、こちらの瑠璃などいかがでしょう？　色も美しいですし、髪飾りか首飾りを作ればよいものができると思います」

「さすが、侍女殿はお目が高いですな。侑李様は鐘国のご出身と伺っております。鐘国風の拵《こしら》えが得意な細工師もおりますれば、いかようにも仕上げてご覧にいれます」

卓子の上に広げられた宝玉類に、侍女たちは目を輝かせている。

恰幅《かっぷく》のいい秦羅人の商人は、揉み手をしながら侍女に追従していた。

「悪いが、宝玉には興味もないし、身につける気もない」

侑李は取りつく島もなく冷え冷えとした声で断った。

レオニダスは、商人には気づかれぬよう衝立《ついたて》の向こうの長椅子で寝転がって、様子を眺めている。そして侑李の対応を面白がって、くすくす笑っていた。

下々のためなどという大義名分があったとしても、身を飾る宝玉が欲しいとは思わない。

無理に買い物がしたいなら、レオニダス自身が自分で買えばいいのだ。

商人はその後も、色々と豪奢《ごうしゃ》なものを勧めてきたが、侑李はいっさい応じなかった。

長い間粘《ねば》った商人は、意気消沈した様子で引き揚げる。

侑李はひと言ぐらい文句を言ってやろうと、レオニダスのそばまで移動した。

しかし、商人と入れ替わりで姿を見せたテオドロスに先を越される。

「陛下！　こちらにおいででしたか。お願いがあるのですが、よろしいですか？」

鎧姿で帯剣《たいけん》したテオドロスは、ガシャリと重い音を立てながら片膝をついた。

「願いとはなんだ？」

だらしなく寝そべっていたレオニダスは、ゆっくり身を起こす。

「騎馬隊の調練《ちょうれん》に、お出ましいただけないでしょうか？」

テオドロスはそんな願いごとをするにも、鐘国語を使っている。

レオニダスが率先していることだが、侑李は感心せずにはいられなかった。

「いいぞ。しばらく戦がないし、獅子や虎の相手をするだけで、身体がなまっていたところだ」

「では、明日にでも早速。現在は四軍団に分けておりますので、一日がかりとなりましょうが、よろしくお願いいたします。陛下が参加してくださると聞けば、兵どもはきっと大喜びするでしょう」

テオドロスは精悍な顔に喜色を浮かべるが、レオニダスはつと手を上げて制した。

「明日は駄目だ。侑李を街へ連れていくことにしたからな」

「は？」

「えっ？」

訊き返したのは、テオドロスばかりではなかった。

そんな話は聞いていない。

「陛下、大変申し上げにくいことながら、寵、いえ、侑李殿を連れて城下へ行かれるというのは賛成できません。陛下がいきなり城下へお出ましになれば、民は恐慌《きょうこう》に陥ってしまいます」

「いや、目立たないように、供なしで行けば問題ないだろう」

「そんなわけにはまいりません！　陛下は今や超大国の王であらせられるのですぞ」

テオドロスは大きな声で反対する。

しかしレオニダスは、ひらひらと手を振っただけだ。

「秦羅の民が着るようなものを用意させればいい。誰も気がつかないだろう」

「そういう問題ではありません！」

テオドロスはさらに声を張り上げる。

途中でじろりと侑李を睨んだのは、おまえが誑《たぶら》かしたのかとでも訊きたかったからだろう。

どう見ても、我が儘なのはレオニダスだ。

しかし、ファルミオンの王が忠言《ちゅうげん》を受け入れることはない。

「テオドロス、俺がそうすると言っているのだ。不服か？」

レオニダスは厳しい顔つきで問い返した。

まるで、この場が戦場で、敵と対しているかのような威圧を受けて、テオドロスはぐっと黙り込む。

逞しい体躯は王を上まわる。いかにも歴戦の覇者といった風貌のテオドロスだが、レオニダスの覇気には対抗できない様子だ。

「も、申し訳ございません。差し出たことを……」

テオドロスはそう言って、頭を下げる。

しかし体勢を戻した時、再び侑李を睨んできた。

状況的には、侑李が王にねだったように見える。今さらどう思われようとかまわない。しかし、侑李は内心でテオドロスに同情していた。

覇王となったレオニダスは、歴史に類のない特異な存在だ。配下の者はさぞ苦労していることだろうと。

「というわけで、調練に顔を出すのは明後日《あさって》だ。さて、侑李。明日は城下へ連れていってやる。目立たぬ衣装を用意させておけ」

レオニダスはそう命じると、すっと長椅子から立ち上がった。

そして、また猛獣たちとじゃれ合うつもりなのか、庭園へと歩いていく。

普段からそう命じられているのか、王のあとを追いかける従者はいなかった。

残されたテオドロスは、侑李を真っ直ぐに見据えてきた。

「侑李殿、貴殿に含むところはないが、このまま放置というわけにもいかん。陛下は珍しく、侑李殿ひとりをそばに置いておられる。しかし、これは侑李殿にも責のあること」

テオドロスは苛立ちを隠さずに言う。

「私が単なる虜囚であることは、あなたもご存じのはず。私が何をしたとおっしゃるのですか?」

侑李は毅然と問い返した。

王が寝所で男を可愛がろうと、今まではたいして不都合がないと思われていたようだ。けれども今のテオドロスは明らかに侑李を敵視していた。

「明日、城下に下りるなど、とんでもないことだ。貴殿も鐘国の皇子だったなら、わかるだろう? 鐘国では皇帝が勝手に街を歩きまわるのか?」

「いいえ、そのようなことはありません」

「どうせ、貴殿が陛下を煽ったのだろう。責任をもって、明日の朝までに陛下を説得しろ」

「私には無理です」

自分の立場がもし、本当の后《きさき》であったなら、城下行きにはもちろん反対しただろう。しかし、侑李は単なる虜囚だ。奴隷の立場で、どうやって主に逆らえというのだろう。

「気分が優れぬとか、下々の暮らす城下など見たくないとか、あるいは、ふたりきりの場所でもっと甘えたいとか、色々やりようはあるだろう」

「な……っ」

侑李は息をのんだ。

あまりにもあからさまなたとえ話に、身が震えるほどの羞恥が湧く。しかもテオドロスは、侑李自身がレオニダスをそそのかしたのではないかと疑っている。

無言をとおし、じっと睨みつけていると、テオドロスは、チッと舌打ちする。

「よいか、陛下が礼節を重んじろと命じられたゆえ、貴殿のことには目を瞑《つぶ》ってきた。だが、身の程は弁《わきま》えた方がいいぞ。どんな手管を使ったか知らんが、このまま陛下を誑かし続けるなら、俺がおまえを排除する。あとでどのように咎められてもかまわん。陛下の前に、おまえの首を差し出してやる。俺はおまえと違って命は惜しまん。陛下のために処断されるなら、むしろ本望だからな」

テオドロスはそう吐き捨てると、うるさい音を立てながら引き揚げていった。

ひとりになった侑李は、小刻みに震える手をぎゅっと握りしめていた。

テオドロスに言われるまでもないことだ。

レオニダスに抱かれ、自らを恥じているのは自分自身だ。

何故自決の道を選ばないのかと、テオドロスは不思議に思っているのだろう。

そう、あの約定さえなければ、自分だってとっくに死を選んでいた。

それができないからこそ、こうして惨めな姿をさらしている。

侑李は、レオニダスが去った方角へ、そっと眼差しを移した。

自分にひどい立場を強いた男は、配下の気持ちを無視して孤高の道を進んでいる。

世の中は本当にままならぬものだ。

ふいに込み上げてきたおかしさで、侑李は忍び笑いを漏らした。

それなのに何故か涙も滲んでくる。しかし侑李は、濡れた頬を手の甲で乱暴に擦って、己の弱さを閉じ込めた。

†

翌日のこと。レオニダスは宣言どおりに侑李を城下へと連れ出した。

侍女に用意してもらったのは、頭巾つきの長衣だった。

女物を固辞《こじ》すると、侍女は残念そうな様子を見せながらも、ファルミオンの民が普段着ているというものを出してきたのだ。

黒の長衣は足首までの長さで、帯代わりに太い紐で腰を絞っている。中に着ているものも、白のあっさりした上下だ。

レオニダスは他に剣帯《けんたい》をつけ、大剣を下げている。侑李はもちろん無腰《むごし》だ。

「おまえの顔は目立つから、頭巾を被っておけ」

侑李は素直に従った。

王都を見聞できるのは滅多《めった》にない機会だ。機嫌を損ねて取りやめとなるのは避けたかった。

驚いたのは、レオニダスが護衛の同行を許さなかったことだ。

「陛下、目立たぬようにしますので、どうかお許しを」

テオドロスは何度も頼んでいたが、レオニダスはあっさり断った。

「目立たないように、だと？　そんな器用な真似、おまえたちにできるものか。それとも、俺の腕は、その辺の民にも劣ると、そう言いたいのか？」

「いいえ、そのようなことは決して。……ですが、その者はどうしますか？　城下に出れば、逃げ出すやもしれません」

意地悪く脅す王に、逆らえる者は存在しない。

しかしテオドロスは、まだ納得できないといったように、レオニダスの隣に立つ侑李へと視線を変えた。

「侑李、おまえは逃げるつもりか？」

さらりと問われ、侑李は首を左右に振った。

本音を言えば、機会があれば逃げたいところだ。

でも約定に縛られている限り、自ら動くつもりはない。

「そうか、逃げないか。ま、どっちにしろ、逃がすつもりはないが」

にやりと笑って言ったレオニダスのそばで、テオドロスは苦虫を噛み潰したような顔になる。

侑李は苦労続きの武将に同情した。

だが胸の内では別の考えも浮かぶ。

今すぐではないにしても、いつか約定が破棄されれば秦羅から逃げられるかもしれない。絶好の機会が訪れた時にあたふたしないよう準備すべきだろう。

レオニダスに気づかれない範疇《はんちゅう》で、道筋などは覚えておこう。

侑李は王とともに、王宮から外へと向かった。

最初は用意された馬に乗っての移動だが、湖の対岸でレオニダスは馬を放した。慣れているので、勝手に草を食べながら待っているらしい。

そこからは徒歩で商業地区に向かうのだ。

雲ひとつない好天で、じりじりと強い陽射しが照りつけていた。空気が乾いているので、頭巾を被ってしまえば案外過ごしやすい。

レオニダスは金色の髪を輝かせながら、ゆったりと歩いていた。

「そういえば、獣たちはついてこなかったのですか？」

道の途中でふと思い出して訊ねてみる。

「あれらを見た人間が怖がるだろう。あいつらは人間に劣らず賢い。戦なら俺の言うことなどきかず、勝手についてまわることもあるが、今は大人しくしている」

「そうですか」

侑李はそっと横のレオニダスを見上げた。

猛獣たちのことを語る時は、ものすごく優しい眼差しになる。

獅子や虎のことは完全に信頼している様子に、侑李はなんだか羨《うらや》ましくなった。

もし、自分が虎とか豹だったら、レオニダスとも争うことなく、信頼関係が築けていたかもしれない。

しかし侑李はすんでのところで、己の心根を正した。

自分は敗軍の将。一騎打ちに負けて、虜囚の身となった。そして王の勘気《かんき》を被《こうむ》り、今は欲望処理の奴隷と成り果てている。

夜伽以外では待遇がよくなって、レオニダスとも色々話すようになったとはいえ、立場を忘れてはならない。

自死を禁じられた身では、最後に残った矜持を貫くほかに道はないのだ。

「あそこが街の中心だ。広場で市《いち》をやっている。屋台などもあるから、見てまわろう」

レオニダスを追う侑李は、道中暗い考えにとらわれていたにもかかわらず、活気に満ちた市に胸が弾むのを抑えられなかった。

広場は湖に面しており、対岸に建つ華麗な王宮を眺めることができる。またこの湖からは比較的大きな川も流れていて、港には交易用の船も繋《つな》がれていた。

「あの川は海まで達していなかったはず。船はどこまで使えるのですか」

ふと疑問に思ったことを問うと、レオニダスは簡単に答えを返してくる。

「あの川は途中で地中に没しているらしい。なんでも二日かけて山越えすれば、また同じ川に巡り合えるらしいぞ。山越えは大変だろうが、そこさえ突破すれば、あとは南の海まで繋がっているとのことだ」

レオニダスの話が本当なら、川をたどって鐘国へ行くことも可能だろう。

高い山脈を挟んでのことだが、この川は鐘の国境に沿うように流れているのだ。

鐘国側から山を越える道がないので、侑李は今までこの川の存在を知らなかった。けれどレオニダスは遥か遠くの地からやってきたのに、細かなところまでよく把握している。

「詳しいのですね」

「逃げ出したいなら、船に潜り込むのもひとつの手だぞ。遠回りにはなるが、単独で砂漠を踏破するよりましだろう」

からかい気味に言われ、侑李はむっとなった。

できるなら逃げてみせろよ。そうけしかけられているようで、苛立ちが募った。

しかしレオニダスは、いきなり侑李の手をつかんで足を速める。

「さあ、市を見てまわろう。屋台もいっぱい出ているぞ」

「ま、待ってください」

ぐいぐい手を引っ張られ、侑李は小走りでレオニダスを追うこととなった。

港に面した広場から少し奥まった場所に、多くの市が立ち並んでいた。

山のように果物や野菜、穀物を積み上げた出店《でみせ》があり、羊や牛、鶏肉《とりにく》を串に刺して焼いているいい匂いもしてくる。

市には大勢の秦羅人が行き交い、賑わっていた。中には商人風のファルミオン人らしき者たちの姿もある。

秦羅は王が進んで国を差し出したというが、ファルミオンが民を蹂躙することはなかったのだろう。むしろ善政を敷くことで、民はずいぶん潤っているようにも思える。

もちろん王都の賑わいだけで国の状態は判断できない。しかし、ここではファルミオンの統治が成功しているのは確かだろう。

もし、これが鐘国だったら、秦羅はどうなっていただろう。

鐘国の将は率先して略奪を行い私腹をこやしていたに違いない。

秦羅の王は、鐘の属国となるのを嫌い、ファルミオンに助けを求めて正解だった。

侑李は賑わう市を見ながら、そう思わずにはいられなかった。

「どうした、沈んだ顔をしているではないか。そこの鶏串《とりぐし》でも食うか？　さっぱりした塩味だけらしいから、おまえの口にも合うだろう」

レオニダスは串焼きの屋台に近づき、店主に小銭を渡す。

代わりに串焼き二本を受け取って、一本を侑李の手に押しつけた。

「そら、食べろ」

「待ってください。路上で立ったまま食するのですか？」

そう言っている間にも、レオニダスはがぶりと串に齧りついている。

豪快に咀嚼《そしゃく》して、あっという間に一本食べ終えた。

「路上で売っているのだ。立ったままで食べるのは当たり前だろう。行軍中は兵と一緒に肉を食っていたくせに、今さら何を言っている？」

馬鹿にしたように言われ、侑李は内心でため息をついて串肉に口を寄せた。

串焼き屋には他にも客が群がっている。こちらに注意を向ける者は誰もいなかった。

レオニダスは金色の髪も精悍な顔も完全にさらしているが、まわりの人間は、王だと気づく様子もない。

もっとも普通の王なら、護衛もなしでこんな街中に姿を現すこともないのだが。

なんだか自分ひとりが色々気にしていることがおかしくなる。

侑李はくすりと笑い、鶏串にかぶりついた。

言われたとおり、岩塩《がんえん》を振っただけの素朴な味付けだ。けれども咀嚼するごとに、肉汁が溢れ、心から美味しいと思えた。

レオニダスは再び侑李の手を引いて、あちこちの店を物色し始める。そして一軒の小間物屋《こまもの》で淡紅色の飾り物を手に取った。

「店主、これはどこの品だ？」

「おや、お客さんは異国人のわりに、言葉が上手だね。それに目も高い。それは珊瑚《さんご》。南海から遥々運ばれてきた一品だ。横にいるのは嫁さんかい？　ずいぶんな別嬪《べっぴん》なんだから、地味な格好させとくもんじゃない。その珊瑚で髪を飾り、ついでに向かいの店できれいな着物でも買っておやり」

「な、何を……っ」

女と間違われ、侑李はかっと頬を染めた。

しかも、言うに事欠いて嫁とはどういうことだ。

「ああ、店主の忠告に従うとしよう。この髪飾りはいくらだ？」

侑李は慌ててレオニダスの袖を引いた。

「もし、私にというなら、いりません」

「つれないことを言うな。だいいち、これは俺が気に入ったから買うんだ」

レオニダスはそう言って、店主に向き直る。

そして侑李の前で値段交渉を始めたのだ。

「いや、そこまでの値引きは勘弁してくれ」

「何を言う。色は薄い。細工は粗《あら》い。店主が言うほどの高級品じゃないだろう」

「いやいやいやいやお客人、南海からここまで荷を運んでくるのは命懸けだって話なんだ。値段が高くなるのは当たり前だろう」

「まあ、南海からの道は難所続きだと聞いているが、本当か？　西回りで亜国をとおるより近いだろ。それとも東回りで鐘国をとおるか」

値段を値切るだけではなく、レオニダスの話は交易路のことにも及んでいる。

「鐘国をとおるなんざ、誰も喜びませんて。税はたっぷり取られるのに、道はがたがた。途中で追い剥《は》ぎがわんさと湧いてくるって噂ですからね。おまけにまた内乱が始まるかもってさ」

店主の話に、侑李はぎくりとなった。

また内乱が起きそうとは、誰と誰の争いなのだ？

もしや、皇帝陛下が身罷《みまか》られたのか？

悪い予感に、侑李は青ざめた。

あれやこれや考えを巡らせているうちに、店主との値段交渉が終わったらしく、レオニダスに手をつかまれる。

「さあ侑李、行くぞ」

「あ、はい」

店から出たものの、侑李の気持ちは晴れなかった。

「頭巾を取れよ。この髪飾り、つけてやろう」

レオニダスは淡い色合いの珊瑚を、誇らしげに見せつける。

「それは、どなたか他の方に……」

「なんだ。これはおまえのために求めたのだぞ。しっかり値切ったけどな」

「でも、私は男ですから」

「男だろうと女だろうと関係ない。おまえにはこれが似合う」

遠慮する侑李に痺れを切らしたのか、レオニダスはさっと侑李の頭巾を下ろした。そして、器用な手つきで、結んだ髪の根元に珊瑚の飾りを留めつける。

「うん、似合うぞ。なかなか可愛らしい」

レオニダスは満足げに頷く。

しかし、すぐに珊瑚の飾りを留めた頭に頭巾を被らせた。

「店主が言っていたように、もっと着飾らせて見せびらかしたいところだが、おまえはきれいすぎるからな」

「いったい、なんの話ですか？」

「おまえを見せびらかしたい。だが、他の男どもに見せるのは癪《しゃく》に障るってことだ」

「ふざけたことを……」

侑李は思わず頬を染めた。

一瞬、嬉しいと思ってしまった自分が信じられなかった。その一方で、調子のいいことを口にするレオニダスに苛立ちも覚える。

先ほどの店主との話が気になっているのに、面と向かって問い質すのも憚《はばか》られた。

レオニダスは頭巾を被せた頭を宥めるように叩く。

そして、ふっと真面目な雰囲気になって口を開いた。

「さっきの話が気になったのか？」

「いいえ、……でも、そうですね。気になりました」

侑李は否定しかけたものの、思い直して本音を明かした。

レオニダスはいつも、こちらの気持ちを見透かしたような言い方をするが、今は反撥するより、事実が知りたかった。

「隠しても仕方ないから教えるが、鐘国で内乱が起きたのは事実だ。密偵《みってい》から知らせがきた」

「本当、なのですか？」

呆然と訊き返すと、レオニダスは深く頷く。

「名前は忘れたが、先の戦で敗走した軍の親玉が、そのまま皇都になだれ込んで皇宮を占拠したらしい」

「ええっ？」

さしもの侑李もあまりの情報に息をのんだ。

敗走した軍の親玉とは傳大将軍のことだ。でも皇宮を占拠したとは、どういうことだ？　まさか、傳大将軍は反逆を？

「しっかりしろ、侑李。何を惚《ほう》けている？」

両肩を強く揺さぶられ、侑李はようやく我に返る。

ふと気づくと、レオニダスが金の瞳で真剣に見つめていた。

疑う余地などない。ファルミオンの王たるレオニダスはしっかり隣国の情報を押さえている。

侑李が己の境遇を嘆いていた間に、レオニダスはまったく別の世界を見ていたのだ。猛獣と戯れつつも、その眼差しは遥か上空から世界を俯瞰《ふかん》している。

自分とのあまりにも大きな差に圧倒され、声も出なかった。

そのレオニダスはふいに侑李の耳に口を近づける。

「侑李、鐘国を取ってやろうか？」

低く囁かれた言葉に、侑李は青の目を見開いた。

「鐘国を取るとは、なんのことですか？　もしかして、内乱の隙をついて征服に乗り出すつもりですか？」

「馬鹿馬鹿しい。屋台骨《やたいぼね》が腐った大国などいらんわ。面倒なだけだろう」

「でも、あなたは……」

侑李が小さく呟くと、レオニダスは不貞不貞《ふてぶて》しく口角を上げる。

「おまえの頼みなら、取ってやってもいいぞと言ったのだ」

「私のため？」

「ああ、そうだ。侑李、おまえは鐘国が欲しいか？　欲しいなら、おまえのために鐘を征服してやってもいいぞ。そうだな、軍の移動もあるから、ふた月だ。それだけあれば充分だろう」

レオニダスは気負うでもなく、さらりと口にする。

けれども口調の穏やかさとは裏腹に、絶対の自信があるのだろう。

ファルミオンが鐘国を滅ぼす。

侑李はレオニダスの言葉を反芻《はんすう》した。

統合された秦羅の人々は、まったく不幸そうには見えず、むしろ生き生きと暮らしているように思える。交易が盛んに行われ、市は大勢の人々で賑わっていた。鐘国が攻め入ったのはそう昔のことでもないのに、民にはなんの影響も見られない。

もしレオニダスが鐘国の征服に乗り出せば、どうなるのだろう？

皇帝は助命されるだろうか？

私腹をこやすだけの貴族たちは、追放か、あるいは処刑。

秦羅国でもあくどいことをしていた貴族は処断されたと聞いている。

でもファルミオンは統合した国で善政を敷く。

貴族や高位の役人に搾取《さくしゅ》されるだけだった民は、もしかして今よりずっと幸せになるのではないだろうか。

だとしたら民のために、レオニダスに鐘国を滅ぼしてもらってもいいのではないだろうか。

だが、今の自分にはそんなことを願う資格はない。

民が幸せに暮らせるなら、国を裏切ることに躊躇《ためら》いはない。でも自分のような者が、鐘国の未来を決めていいとは思えなかった。

侑李はレオニダスを見上げ、こくりと喉を上下させた。

「鐘国を攻めるのですか？　皇帝陛下をどうなさるつもりですか？」

「はあ？　皇帝をどうするかなど、知らんわ。ラザロスが立てた統治の基準は単純だ。王を名乗る者は王宮から出ていかせる。王と敵対していた者も同じく追い払う。それから政を行わせる官吏を選抜する。王や貴族の処遇に関しては、現地の者に決めさせる。それだけだ」

「ずいぶん大胆ですね。でも、そんなやり方でうまくいくとは」

「あいにくだが、ラザロスには為政者《いせいしゃ》としての才がある。あれがいなければ、ファルミオンはとっくに崩壊していた」

レオニダスの口から出たのは最大級の褒め言葉だった。

しかし侑李は、ここでも違和感を覚えずにはいられなかった。

最大級の褒め言葉を贈りながら、レオニダスはその相手にも心を閉ざしているふしがある。

頭が混乱しそうで、侑李は深く息を吐き出した。

「私に鐘国の行く末を決めさせて、レオニダス様になんの益があるのですか？」

「益？　そんなものはないな。俺はおまえが望むなら、鐘国を取ってやると言っただけだ。おまえのことだ。まわりの欲深な亡者《もうじゃ》どもに、いいように振り回されてきたのだろう。父親も殺されたと聞いたぞ。恨みを晴らすいい機会が巡ってきたのだ。俺に願え。そうしたら、おまえの望みを叶えてやる」

レオニダスは何故か、ふわりと極上の笑みを見せる。

思わず心の臓がどきりとなった。

雲ひとつない真っ青な空を背景に、陽射しを受けた髪が、金砂《きんさ》を撒き散らしたように輝いていた。

レオニダスの手が伸びて、腰を引き寄せられる。

精悍な顔に見惚れていた侑李は、唇が触れそうになっても抵抗ひとつできなかった。

しかし、レオニダスに抱き寄せられた侑李の視界に、ふと異質なものが飛び込んでくる。

視線の先では大勢の荷揚げ人足が、汗を噴き出しながら働いていた。

重そうな木箱や穀物を詰めた麻袋を肩に担ぎ、もくもくと船から桟橋へと下ろしている。

侑李の目を引いたのは、木箱の山から出てきた長身の男だ。

粗末な秦羅風の服を着て、肌は陽に焼けている。

どこから見ても秦羅人の人足だが、侑李はその顔に見覚えがあった。

「どうして……」

伯がこんなところに……？

見間違いではない。あれは副官だった伯だ。

「何か言ったか？」

口づけする寸前だったのに、侑李が身を強ばらせたことでレオニダスも腕の力をゆるめる。

どきりと大きく心の臓が鳴ったが、伯はこちらに気づくことなく、船の中へと入っていった。

しかし、ほっと息をついたのも束の間。レオニダスがいきなり船へと鋭い視線を向ける。

「ずいぶんと怪しげな者が入り込んでいるな」

「ど、どういうことですか？」

侑李はさらに激しく動悸《どうき》をさせながら問い返した。

まさか、伯に気づいたのだろうか？

何を目的に人足の真似ごとをしているのかはわからぬが、この場で伯を捕らえさせるわけにはいかない。

「あれは秦羅の商人が乗ってる船じゃなさそうだ。おそらく鐘国から来た者たちだろう」

「鐘国の？　でも、鐘国は今、混乱していると……、それに、どうして秦羅人の船ではないとわかるのですか？」

「あの旗は秦羅船籍《せんせき》を示すものだが、まるで今朝掲げたばかりのように真新しい。元の船は秦羅のものかもしれんが、今の持ち主は違うな」

レオニダスは船上の旗を指で示した。

言われたとおり、鷲《わし》の意匠の旗は秦羅国を象徴するものだが、少しも汚れていなかった。他の船のものは風雨にさらされ色褪《あ》せているのに、染め上げたばかりのように鮮やかだった。

「船上にいる者たちも秦羅人を装っているが、本当に商人かどうか……」

レオニダスはさりげなく船の上を眺めている。

だが、あの船をこれ以上怪しまれては困る。伯が捕まってしまうかもしれない。

侑李は気持ちを落ち着かせて反論した。

「旗は取り替えたばかりなのでは？　秦羅人と鐘国人は肌の色も同じ。顔立ちにもほとんど違いはない。それに鐘国の商人がわざわざこんな時に敵国まで来るとは考えにくいです」

「ま、それもそうだな」

レオニダスはあっさり答える。

侑李は内心でほっとしつつ、もうひと押しするつもりでレオニダスを見上げた。

「先ほどのお話ですが、私が鐘国を望むことはありません」

レオニダスは責めるように見据えてきた。

侑李はその金の瞳を懸命に見つめ返した。

「鐘国はいらんのか？　何十年もの間、くだらぬ皇位争いを続けた結果、鐘は屋台骨を腐らせた。おまえなら、そんな鐘国を変えたい。そう望むかと思ったが」

意外にも、レオニダスの口調は真剣だ。いつものように嘲るような調子でもない。

「鐘国の内情は確かにいいとは言えません。ですが、ファルミオンの手を借りて改変を成したとして、それが本当に鐘国の人々のためになるでしょうか？」

「どういうことだ？」

「その地に暮らす者が自らの手で事を成してこそ、意味があるのではないですか？」

侑李は真摯《しんし》に口にした。

レオニダスは真剣な表情を崩さない。そして、じっと侑李を見つめながら、何事か考えている雰囲気だった。

しばらくの間、沈黙を守っていると、レオニダスはふいに大きく嘆息《たんそく》する。

「おまえは、本当に頭が堅いな。そこにあるものをうまく利用して、己の野望を達成する。それが普通だろうに、色々考えすぎて結局自分が損する羽目になる。最初に俺が、配下になれと言った時もそうだ。何も忠誠を誓えと言った覚えはない。表向きは適当に従っておいて、あとから色々と策を弄《ろう》することもできたはず。うまく立ち回れば、内側からファルミオンを攻め崩すこともできたのだ」

「そんな卑怯な真似は……」

侑李は眉をひそめた。

確かに内懐《うちぶところ》に入って策を弄するのは、利口なやり方だろう。

どうして今までそれを考えなかったのか、自分の愚かさに怒りが湧く。

けれども一方では、自分にそんな器用な真似ができたはずがないとの自嘲の念も湧いた。

「卑怯な真似はしない……か。やれやれだな。誇り高くあるのはいいが、そのせいで憎い俺に玩具にされる羽目になったのに」

「わ、私は確かに愚かな選択をしたかもしれません。ですが、それをあなたにとやかく言われる覚えはありません」

「おまえを俺のものとしたあとも、うまくやれば逃げ出せたかもしれん。だが、おまえはそんな素振りさえ見せなかった」

「わ、私は約定に従っているだけです。逃げ出すなど……」

そう答えながら、胸にはむなしさが込み上げた。

本当に、どうして自分は逃げなかったのだろう？

約束など反故《ほご》にして、何故率先して逃げなかったのか。

約束を破って傷つくのは己の矜持だけだ。

本当に鐘国のことを思うなら、なんとしても鐘国に帰り、ファルミオンの実情を知らせるべきだったのだ。

今になってそれに気づくなど、自分の愚かさが腹立たしい。

動揺がさらに大きくなっていたが、レオニダスはもう今の話題に興味を失ったように横を向いてしまう。

「そろそろ王宮に帰るぞ」

そう声をかけただけで、再び手首がつかまれる。

鐘国の実情はどうなっているのか。ファルミオンは鐘国をどうするつもりなのか。

訊きたいことはまだたくさんあったのに、もう口に出せる雰囲気ではなかった。

敵同士として出会ったのでなければ、レオニダスとはもっと別のつき合い方ができただろう。あるいは、侑李がもっと素直に、助けてほしいと願っていれば、束縛されることもなかっただろう。

何もかも、自分が撒いた種。

愚かな自分には愛想が尽きる。

侑李は苦い思いを噛みしめながら、王宮へと戻るしかなかった。

七

「侑李様、陛下にいただいた髪飾り、おつけになりますか？」

朝の支度で侍女にそう訊ねられ、侑李は我知らず頬を染めた。

煌びやかな装束《しょうぞく》が揃っているなかで、珊瑚の髪飾りは細工が今ひとつで、色合いも珊瑚特有の鮮やかさがない。しかし侍女たちはたとえ二級品であろうと、王が自ら買い求めたことに意味があると思っているようだ。

「別に、どちらでもよい。そなたたちの好きにすれば」

侑李自身は素朴な雰囲気を案外気に入っていたのだが、レオニダスに買ってもらったことには素直になりきれなかった。

「まあ、では珊瑚に合わせて、上衣のお色も変えましょう」

珊瑚を持った侍女は喜色を浮かべて答える。

「陛下もきっと喜ばれますよ」

侑李のささやかな抵抗は失敗に終わり、あろうことか、珊瑚に合わせた淡紅色の衣装まで身につけさせられることになったのだ。

「どうぞ、ご覧くださいませ」

着替えを終えて見せられたのは、磨き上げた鏡だった。

楕円《だえん》系の枠の中に、可憐《かれん》な娘のような姿が映っている。

頭頂部で小さな髷を結い、そこに珊瑚の髪飾りをつけていた。秦羅の淡い色の上下に銀糸を散らした桃色の帯。胸元と袖口にも水色と黄色が効かせてあって、華やかさを際立たせている。背中に垂らした黒髪は、少し濃いめの青の布でゆるく結んである。珊瑚を目立たせるために、耳飾りなどの装身具《そうしんぐ》には、真珠《しんじゅ》をあしらったものが用いられていた。

「侑李様は本当にお美しくて、衣装を選ぶにも張り合いがあります」

「陛下にも早く見ていただきたいですね」

「じきにお出《い》でになりますよ。陛下は本当に侑李様を寵愛なされておりますもの」

まわりを取り囲む秦羅人の侍女たちは、満面の笑みで頷いている。

王宮内を仕切っているのは、かつて秦羅王に仕えた者たちだった。

侑李が寵愛されているなどというのは単なる誤解だ。それより不思議なのは、新しくレオニダスを王と仰《あお》ぐのに、皆がなんの疑問も抱いていない様子なことだ。秦羅の旧王族に対する忠誠心が薄いとは思えない。それだけレオニダスに、簡単に魅了されてしまっているのだろうか。

「そなたたちは、私が虜囚で、しかも男であることを忘れているのではないか？　それに、ファルミオン王国のやり方は、秦羅の慣習とも大きく違っているだろう。何もかも型破りな王に仕えることに、疑問は感じないのか？」

鏡から侍女たちへと視線を移し、侑李は素で訊ねていた。

侍女たちは困ったように顔を見合わせていたが、やがて年かさの侍女が代表して答えた。

「最初は正直言って驚きました。陛下に直接ご命令を受けた時は、卒倒《そっとう》しそうになったほどです。でもファルミオンの方々は、戦や政では役に立たない私たちのことも、ちゃんと評価してくださいます。ですから皆で、もっとお役に立てるように頑張りましょうと、誓い合っているのです」

まわりの侍女たちは、皆でそのとおりだというふうに頷いている。

「あの、差し出がましいことですが、ファルミオンの方々は、侑李様を虜囚とは思っていらっしゃらないかと」

「ええ、侑李様は陛下の寵愛を受けるただおひとりのお方。何よりも陛下がそう望んでおられるのですから、男だとしてもよろしいのではないでしょうか」

この意見にも皆が、うんうんと頷いている。

侑李は驚きを隠せなかった。

これが鐘国であればどういう反応があることか。面と向かってではないにしろ、陰で嘲笑されることは確実だ。

朝餉《あさげ》のあとは、ラザロスから講義を受けるのが日課となっていた。

政の要であるにもかかわらず、ラザロスは毎日時間を割《さ》いてくれる。ファルミオンをはじめ西方諸国の話はとても興味深く、侑李は深く感謝していた。

拘束されるわけでもなく、日々きれいな衣装をまとい、特別な味付けをされた料理を食べている。そのうえ、こうして様々な知識まで授けてもらえる。

たったひとつ、夜レオニダスの相手をすることを除けば、まるで王侯貴族の賓客《ひんきゃく》のように扱われているのだ。いや、本当はレオニダスとの行為すら快楽に引きずられている。

鐘国の現状を聞いてさえ、新たな行動を起こせない自分には、ほとほと呆れてしまう。

講義の間、侍女たちは邪魔をしないように次の間に下がっている。

「ときに、侑李殿。ひとつ頼み事があるのですが、聞いてもらえぬだろうか」

ファルミオン王国での税収についての話が終わり、ラザロスが唐突に訊ねてくる。

「頼み事とは、なんでしょう？」

侑李は首を傾げた。

贅沢な暮らしをしているとはいえ、自分の身分は虜囚にすぎない。なのに、命令ではなく頼み事というのが解《げ》せなかった。

ラザロスはもったいをつけるように、ごほんと咳《せき》払いをする。

そして、すっと茶色の目を向けてきた。

「その珊瑚の髪飾りは、陛下が買われたものだとか……」

「はい。昨日、城下の市で」

侍女たちの噂がもうラザロスの耳にまで届いている。

侑李は警戒しつつも素直に明かした。

「陛下はやはり、あなたのことをかなり気に入っておられるご様子」

「…………」

侑李はなんと答えていいか、判断がつかなかった。

無言で待っていると、ラザロスが苦笑を浮かべる。

「我々は困っているのです。最初のうちは、陛下は物珍しさであなたをそばに置かれているだけだと思っておりました。しかし、このように長期間となると、捨て置くわけにもいかない。陛下はあなたに、学問まで授けるように命じられた。将来、家臣として役立つというならまだしも、夜伽を務めるだけのお方には、ここまでの知識は必要ないでしょう」

侑李は羞恥のあまり、思わず頬を染めた。

何も言い返せなかった。自分はレオニダスに身体を差し出すだけの存在に成り果てている。好きでやっているわけではないと言いたいところだが、最初に配下になれとの誘いを断ったのも自分自身だ。

「申し訳ない。配慮に欠けた言い方でした」

「いえ、事実、……ですから」

侑李が小さく答えると、ラザロスは深く息を吐き出す。

「私は非常に惜しいと思っているのです。鐘国の甘やかされた皇族など、どれほどのものかと思っていたが、あなたは聡明《そうめい》で、何を教えても砂地に水が染みるように、何もかもを吸収する。本当に理解の早さは、かつて陛下に政の基礎をお教えした時と変わりないほどです」

卓子を挟み、向かい合って座っていた。上に広げられたのは、現ファルミオン王国の税収に関する資料だ。羊皮紙《ようひし》に細かな書き込みがなされ、鐘国とは違う税制ながら、無駄なく機能しているのが見て取れる。

「それで、私に何を?」

腕を組んだラザロスに、侑李はそっと続きを促した。

「侑李殿、あなたは陛下に対し、どのような気持ちでおられるのか?」

「わ、私は……」

いきなり核心を突くような問いに、侑李は少なからず動揺した。

鐘国軍を敗退に追い込んだ、憎い敵?

いわれなく、この身を陵辱した唾棄《だき》すべき男?

どれも本当だったが、侑李はすでにそれだけではないことを知っていた。

レオニダスは意外にも公正で、身分が下の者とも対等に話をする。城下で商人を相手に話す時でさえ、偉ぶった態度は取らない。気分次第で侍女たちに暴力を振るうこともなければ、配下の者たちの訴えにもきちんと耳を傾ける度量《どりょう》もある。

鐘国では、皇帝に直接口をきける者は限られている。貴族の館でも、身分差は絶対で、下の者に意見を聞くなどあり得ないことだ。

レオニダスは何もかも規格外だった。

そして、たとえ奴隷上がりであろうとも、レオニダスを英雄と認め、心底忠誠を誓う者たちのなんと多いことか。

レオニダスこそが、王の中の王ともいえる偉大な統治者なのだろう。

「動揺しておられるところを見ると、陛下を憎んでおられるわけでもなさそうだ」

「そうですね。最初は憎いとも思いましたが、今は違う。憎しみをぶつけたいとは思っていません」

侑李は正直に明かした。

するとラザロスは満足げに口角を上げる。

「結構。それでは、お願いします。あなたからぜひ、これぞと思う侍女を陛下にお勧めください。秦羅王からこの王宮を譲られた時、仕える者たちの身元は徹底して調べました。あなたにおつけした侍女は、いずれもちゃんとした実家を持つ者たちですから、陛下のお手がついたとしても問題はありません」

「…………」

侑李は我知らず、上体をぐらつかせた。

侍女を夜伽に差し出す。それは、鐘国でもごく普通に行われていることだ。

「ファルミオンの有力貴族や、助けを求めて傘下に加わった王族から、今まで王妃や側妾にと、あまたの娘たちが差し出されました。しかし陛下は誰ひとりとして興味を持たれなかった。我々としても、おかしな閨閥《けいばつ》は作りたくなかったので、これは歓迎すべきことでした。しかし、そろそろ陛下の御子《おこ》が必要です。ファルミオン王国、いえ、もう帝国と言っていいでしょう。ファルミオン帝国を揺るぎなく存続させるため、陛下の後継となる子がいるのです」

ラザロスは真剣な目をしていた。

侑李はこくりと喉を上下させてから口を開いた。

「王たるお方が世継ぎをもうけるのは当たり前のこと。ですが、どうして私なのですか？　この身は確かに陛下の伽を務めております。しかし、私は鐘国の敗将。そのように大切な役目を托《たく》される立場ではないでしょう」

何故か、胸の奥が斬り刻まれるかのように痛かった。

でもラザロスが真剣なだけに、真面目に答えるしかない。

「これは聡明なあなたらしくもない言葉。陛下がどれほどあなたに気を許しておられるか、自覚がないようですね」

「どういう意味でしょう？」

「では、はっきり申し上げましょう。敵国の将だったあなたをそばに置かれることに、戸惑っている者が大勢いる。何故か……、それはあなたの態度がはっきりしないからです」

「私の態度？」

「あくまで仕方なく、敵国で身を委《ゆだ》ねている。あなたとしては、そう思っていたいのでしょうが、そんな日和見《ひよりみ》は許されない。そう思いませんか？　鐘国に戻りたいなら、いくらでも逃げる隙があったはずです。警戒はたいして厳しくない。外から入り込もうとする密偵は徹底して排除しておりますが、ことあなたのまわりに関しては違う。逃げ出すなら好きにさせろ。陛下からはそのように命じられております。でも、あなたは逃げる素振りすら見せなかった」

侑李は愕然《がくぜん》となった。

自分が逃げることは織り込み済みだった？

それなのに、自分は逃げようとも思っていなかった……。

「とにかく、早急に成すべきは、陛下の世継ぎを確保することです。今後、どのように身を処すかはゆっくりお考えになるとよい。しかし、世継ぎの件はもう待てません。侑李殿、あなたからの勧めなら、陛下もあるいはその気になられるかもしれない。これぞという侍女を、ぜひあなたから陛下にお勧めを。私の頼み事はそれだけです」

言い終えたラザロスは、ゆっくり立ち上がった。

温和に講義を続けていた時とは違い、今のラザロスは冷ややかな空気に包まれている。

最初に配下になることを承知していれば、こんな役割はまわってこなかったかもしれない。

世継ぎが必要なのは、よくわかる。

しかし、ラザロスの要請に応えてよい侍女を選び、男の身で子が産めない自分の代わりにレオニダスの伽に差し向ける。

そんな真似ができるだろうか？

敵国の利益となるようなことはできない。そう突っぱねられたらよかったが、今の侑李はあまりにもファルミオン流のやり方に馴染みすぎていた。

それに、じくじくと胸の痛みが続いている。

どうして、こんな動揺しているのか。突き詰めて考えること自体が怖かった。

自らの境遇を嘆きつつも、このぬるま湯のような暮らしを享受《きょうじゅ》していた。

すべては、自ら呼び込んだこと。軟弱な己が招き入れた結果だった。

†

午後になり、侑李は庭園へと出かけた。レオニダスが四阿に向かう姿をちらりと見かけたからだ。

夏の盛りが過ぎ、頬を撫でる風を心地よく感じる季節となっていた。秦羅国は降雨量が少ないらしく、今日も空が真っ青に輝いている。

「ほうら、おまえらも遊びたいのか？　いいぞ、皆でかかってこい」

四阿近くの草地で、レオニダスは猛獣たちと戯れていた。

最初に飛びかかったのは黒豹で、素早い動きで主を翻弄している。

しかし、レオニダスの瞬発力は黒豹のそれを上まわり、攻撃はことごとく不発となっているようだ。

こんなふうに素手で猛獣と組み合う者が他にいるだろうか？

獅子は余裕で寝そべり様子を見ているが、虎は自分も参加したそうにうずうずしている。

侑李がふと目を向けたのは、純白の地に黒の斑点が美しい雪豹だった。

獅子とは距離を置いて座っているのだが、腹が膨らんでいるように見える。

もしかして、仔《こ》を宿している？

侑李は雪豹に向かって歩を進めた。

深い考えがあってのことではなく、自然と動いていたのだ。

「グルルル」

雪豹は近づいてきた侑李を威嚇するように低い唸り声を上げる。

しかし恐怖は微塵も感じなかった。

侑李は雪豹のそばに両膝をついた。素足が覗いてしまったが、かまわずにそっと手を伸ばす。

「きれいな毛並み……もしかして仔ができたの？」

背中にそっと触れたのも、ごく自然な成り行きだった。

雪豹は青い目で侑李を見据えているものの、動きを止める気はないようだ。

「すごくやわらかくて、気持ちいい」

すうっと背中に手を滑らせる。

掌に感じた感触は極上だった。

侑李は、するりと指をくぐらせて、何度も雪豹の背を撫でた。

幸いなことに雪豹は警戒を解いて、喉を鳴らし始めている。

そのうち、黒豹と組み合っていたレオニダスが、こちらへとやってきた。

「おまえにも懐いたな。他の者には触らせたことがないんだが」

レオニダスはそう言って、侑李のそばにどかりと腰を下ろした。

黒豹はまだ暴れたりないのか、どんと躯ごとぶつかってきたが、レオニダスは逞しい両腕で抱き留める。

「気をつけろ。雪豹の腹には仔がいるぞ」

「ガルルル」

「やはり、仔がいるのですね」

侑李はぱっと表情を輝かせた。

「ああ、いつの間にかな。しばらく姿を見せなかったから、どうしたかと思っていたが、戻ってくればこのとおりだ。こいつは、ここで仔を産む気らしい」

レオニダスは金の瞳で優しげに雪豹を眺めている。

主のそばが一番安全だと思っているのだろうか。雪豹は甘えるように、ごろりと横になって腹を見せた。

異種の猛獣が集まっているのに、レオニダスの前では誰も争わない。

本当に信じられないような光景だ。

猛獣たちはレオニダスを信頼しきっており、レオニダスのほうも心を許している。

もしレオニダスにも子供ができたら、どうなるのだろう？

甘やかし放題に、いや、違う。きっと甘やかすだけではなく、厳しく戦い方も仕込むはずだ。

重臣たちが王親子を諫めようと、右往左往する様が今から目に浮かぶようだった。

「なんだ、何を笑っている？」

「え、笑ってなど」

「笑っていたぞ」

自然と頬がゆるんでいたのか、しっかり指摘されてしまう。

「微笑ましいなと思っただけです。この子たちは、なんという名前ですか？」

「いや、名前はつけていない。こいつらは人間に従属しているわけじゃないからな。名付けも必要ないだろう。まあ、獅子は獅子と呼んでいる。虎は虎だ。黒豹は、黒、雪豹は雪と呼んでいるが」

「それ、すでに名前になっている感じですね」

いい加減な言い様に、侑李はつい対抗するように答えた。

「そうか？」

レオニダスはさして反することもなく、首を振っただけだ。

今日はあっさりした黒地の長衣姿。膝まで丈があるが、脇には切れ目が入っている。長衣の下は白の褌《こん》。腰帯だけ金糸《きんし》を刺した豪華なものを選んでいる。

獣たちと組み合うのに邪魔だったのか、大剣はそこらに放り出してあった。

もし、今あの剣を取れば、簡単に逃げられるかもしれない。

そんな考えが脳裏を掠める。

けれどもレオニダスに視線を移した侑李は、はっと息をのんだ。

よく見ると、右袖に大きくかぎ裂きができており、血が滴っていたのだ。

「血が！　怪我をされたのですか？」

侑李は慌ててレオニダスに躙り寄って右手をつかんだ。

「チッ、袖が破けたな。もったいない」

舌打ちするレオニダスに、侑李は呆れるしかなかった。

「袖などどうでもいいでしょう。すぐに手当てをしなければ」

先ほど黒豹と組み合っている時に咬まれたのだろう。

袖をめくってみると、腕には牙が食い込んだ痕が残っていた。

それなのにレオニダスは簡単に侑李の手を振り払う。そして腕を曲げ、自分の口で傷を舐めたのだ。

「たいしたことはない。舐めておけば治る」

「何を言っているのです？　獣に咬まれたあとを放っておけば、大事に至る場合もあるというのに。すぐに医官に手当てをしてもらわねば」

「いらん。これぐらいの傷でいちいち騒ぐな」

「でも、とにかく血を止めなければ」

侑李は髪を束ねていた幅広の紐を解いた。それからいやがるレオニダスの腕を強引につかんで、傷口に巻きつける。

レオニダスはしかめ面《つら》をしながらも、侑李の好きにさせていた。

元凶となった黒豹が、しゅんとした様子でこちらを窺っている。のんびりしていた雪豹をはじめ、他の猛獣たちも、いつの間にかまわりを取り囲んでいた。

「黒、おまえのせいじゃない。侑李が大袈裟《おおげさ》なだけだ」

レオニダスは宥めるように黒豹の背を撫でる。

黒豹は申し訳なかったとでも言いたげに、レオニダスの身体に頭を擦りつけていた。

「本当に、大丈夫なのですか？　今すぐ、医官に診《み》せたほうが」

「案じるな。じゃれ合いの度が過ぎただけだ。だいたい黒が本気で咬みつけば、腕が千切れていてもおかしくない。この程度の傷、俺にとっては蚊《か》に刺されたのとそう変わらん」

レオニダスは気負う様子もなく、言い捨てる。

「本当に呆れた人ですね」

侑李はそう言って、大きく息を吐いた。

レオニダスの身体には、無数の傷跡が残っている。昔、剣闘士だった頃には、猛獣とも命を懸けた試合をこなしてきたという話だ。今そばに控えている獅子もその内の一頭らしい。そして、その後もレオニダスは常に戦い続けてきた。

今までの人生で、いったいどれほどの修羅場《しゅらば》をくぐり抜けてきたのか。

想像しただけで、侑李まで身が震えるようだった。

それなのにレオニダスは、いきなり話題を変えてくる。

「その珊瑚の飾り、気に入ったのか？」

「え？」

あらぬ考えにとらわれていた侑李は、はっとなった。

侑李は草地に両膝をつく格好で、レオニダスはすぐそばに両足を投げ出している。

レオニダスはすっと手を伸ばし、髪に飾った珊瑚に触れてきた。

けれどもその手はすぐに下降して、頬をなぞられる。

「城下での座輿《ざきょう》。さして意味はなかったが、やはり似合っている」

「じ、侍女たちが、これがいいと選んだだけです」

侑李はかっと頬を染めて言い募った。

「そうして顔を赤くしている様は、まるで嫁入りを心待ちにしている娘のようだな」

くくくっと、いい調子で笑われて、次にはかっと怒りが湧く。

「私は娘などではありません。嫁になど、行くはずがない。いくら私が虜囚でも、これ以上は侮らないでください」

思わず大きな声で叫ぶと、レオニダスはふいに表情を改める。

「今でもまだ自分が虜囚だと思っているのか？」

「虜囚、でしょう。この立場になれと命じたのはレオニダス様なのに、違うとでも言いたいのですか？」

「その怒った顔も絶品だ。まあ、おまえのことは手放す気などない。だから、おまえがどう思っていようと関係ないが」

レオニダスは相変わらず笑いを含んだ声で言う。

手放さないとは、気に入った伽の相手を手放す気はないということだろう。あくまで身体が目当てであって、侑李自身が望まれているわけではない。

これぐらいで傷つくなどごめんなのに、胸の痛みがぶり返していた。

「やはりあなたは傲慢な暴君だ。優しく気遣《きづか》うのは獣たちに対してだけ。ファルミオンから従ってきた臣下ですら本心では信用していない。そうですよね？」

口をついて出たのは、思ってもみないような言葉だった。

はっとなった時には、レオニダスの表情が一変する。

「ほお、俺のことをさもわかったふうに言う。それで？　俺が誰も信用していないと、どうだというんだ？　何か不都合なことでもあるのか？」

ほんの少し前まで親密な雰囲気だったのに、今のレオニダスは氷のように凍てついている。

虎の尾を踏んだ。まさしくそんな気分で、侑李は心ならずも震えてしまう。

「わ、私はただ……」

「なんだ？」

横柄《おうへい》に重ねられ、侑李は我知らず黙り込む。

いったい何を訴えたかったのか、自分でもわからなくなっていた。

ラザロスが心配しています。世継ぎをお作りください。

そんな白々しいことは口にできなかった。

自分のことはもう放っておいてほしい。鐘国が心配だ。鐘国をどうする気なのか、本音を明かしてほしい。

そんな思いも口にはできない。

何よりも、レオニダス自身は何を望んでいるのか教えてほしい。

どうしてファルミオンから付き従ってきた家臣と距離を置いているのか。それで、本当は寂しくないのか……。

様々なことが頭を巡るが、どれも迂闊に問い質せなかった。

「言いたいことがあるなら、この場で言え。鐘国が欲しいなら取ってやるぞ。おまえは何を望む？　俺のことを気にするより、おまえの本音を明かせ」

レオニダスは険しい表情で、侑李の胸元をわしづかみにする。

あまりの勢いで息が詰まって苦しかった。

「は、離してください……っ」

「侑李、もう一度言う。本音を明かせ」

言葉と同時に、のしかかられる。

「あぁっ」

ふいをつかれた侑李は、簡単に草地へと押し倒された。

レオニダスは侑李を逃さぬように両手をつく。

「そうやって怯えるおまえも、なかなかそそるな」

急に口調が変わり、侑李は緊張の度合いを高めた。

にやりと口角を上げたレオニダスには、もう先ほどの冷酷さは感じられない。

虎の尾を踏んだ。その危険は去ったようだが、今の体勢は別の意味で危険だった。

「そろそろ戻られたほうがいいですよ。ラザロス殿が探しておられるかも」

侑李は懸命に平静を保ちながら答えた。

精悍な顔に不敵な笑みを浮かべ、金の瞳が真っ直ぐに見据えてくる。

奴隷上がりで、一代で大国の王に成り上がった男。

何もかも自分より上をいくこの男が、本当は何を感じているのか。

打算も何もなく、ただ知りたいと思う。

けれども、自分にはこの男の内に入り込む資格はない。

そして、幾夜も身体を重ねながら、心だけが離れていることが、何故か悲しかった。

「侑李……」

レオニダスは囁くように言いながら、指先で唇の形をたどるように触れてくる。

「……離してください。部屋に戻ります」

侑李は胸に痛みを感じながら、掠れた声を出した。

金の瞳が探るように見ていたが、侑李はなんとか動揺を抑える。

「つまらんやつだ」

レオニダスはそう言って、上体を起こした。

間近に迫っていた眼差しが離れ、逞しい身体も遠くへ行く。

緊張は解かれたものの、胸の奥で生まれた痛みは少しもなくならなかった。

†

翌日の夜。

侑李は唐突にラザロスからの呼び出しを受けて、自室をあとにした。

侍女に案内されたのは、レオニダスの寵愛を受ける前に使っていた小部屋だ。

「ラザロス殿は、こちらへお見えになるのか？」

「あ、あの……、いえ、その……、こちらでお過ごしくださるようにと、その……ラザロス様からのご命令でございます」

侍女は、何か不都合なことでもあるかのように、不明瞭《ふめいりょう》な言い方をする。

あらぬ方に視線を泳がせているのを見て、侑李はますます不審を覚えた。

「どういうことだ？　何か私に隠しているのか？　怒ったりしないから、はっきりと答えてほしい」

侑李は侍女の肩に手を置いて、問い詰めた。

すると侍女は、突然床に座り込んで両手をつく。

「も、申し訳ございません！　ラザロス様のご命令で仕方なく……。よ、呼ばれた者も侑李様を裏切る気などなかったのです！　陛下は侑李様だけをご寵愛されているのですから、間に割り込もうなどと大それた望みも持っておりません」

必死に言い訳する侍女に、侑李はようやく事情が見えてきた。

「陛下の夜伽を務める者が、おそばに上がったのですね」

「あの、本当に、侑李様を裏切るつもりでは……。で、でも、ご命令とあれば、従うしかなくて……」

侍女はぼろぼろと涙をこぼしている。

侑李は内心で小さくため息をつき、濡れた頬を指で拭ってやった。

「事情はわかりました。私に気を遣う必要はない。ラザロス殿からも話は聞いていた。ただ、今宵《こよい》だとは知らなかっただけで」

「侑李様……」

「夜伽を務める者は、ちゃんと納得しているのですね？　いやなのに無理やり召し出されたりはしていないのですね？」

「わ、私たちは、もともとそういうお召しがあるかもしれないと、最初から言い含められております。もし、陛下のお手がつけば名誉なことだと、家の者も諸手を挙げて喜ぶでしょう」

跪いた侍女は、さらに涙を溢れさせながら訴える。

侑李は袂《たもと》から手巾《しゅきん》を取り出し、侍女の手に握らせた。

「本来なら、私のほうから言い出さねばならないことでした。ラザロス殿からも注意されていたのに、今まで何もできず、そなたたちにも申し訳ないことをした」

昨日、話を聞かされたばかりだったが、ラザロスは侑李の鈍感さに業を煮やしたのだろう。

侑李が侍女を送り出すのを待ってはいられないと、すぐさま誰かに命じたのだ。

もとよりレオニダスは皆から好かれている。他に思い人でもいるなら別だが、王の愛妾《あいしょう》になるのを拒む者はいないだろう。

「侑李様、陛下はきっと侑李様だけを求めておられるのだと思います。ですから……っ」

「慰めはいい。もとより私は虜囚の身。好きで伽を務めていたわけじゃない。レオニダス様が他の者に伽を命じられるなら、私にとってもよいことだから」

侑李はそう言いながらも、胸の奥に鋭い痛みを感じていた。

レオニダスは毎夜のように侑李を抱きにきた。

それが今頃きっと、見目のよい侍女を相手にしている。

そう思っただけで、胸の奥がざわめく。

「私はここで休めばいいのだな？　少し疲れた。そなたはもう下がるがいい」

侑李は努めて平静な口調を保って告げた。

内では荒れ狂うように気持ちが揺れていたが、なんとか面《おもて》には出さずに済む。

侍女はさらに何度も頭を下げながら、小部屋から出ていく。

ひとりになって、侑李は力なく寝台に腰を下ろした。

思えばここで最初にレオニダスに陵辱されたのだ。

鎖で繋がれ、無理やり身体を開かれ……でも、レオニダスは最後までどこか優しい手つきだったことを思い出す。

最後に残った誇りすら奪われて、レオニダスが憎かった。

けれども、今はもう憎しみなど感じていない。

そして今になって思い知った。

このところ何かと胸が痛んでいたのは、己の心に新たな気持ちが芽生えていたせいだ。

憎んでいたはずのレオニダスを、いつの間にか好きになっていた。

奴隷上がりの英雄王。レオニダスは鐘国軍を圧倒して敗走に追い込んだ元凶だ。一騎打ちを仕掛けて実力差を思い知らされた。

囚われの身となって自裁を禁じられ、レオニダスの逆鱗《げきりん》に触れて陵辱された。

でも、身を穢されはしたが、レオニダスは常に気遣ってくれていたように思う。

毎夜のように快楽を刻まれ、屈辱だと思いつつも抱かれることがいやではなくなり、肌を重ねる時の熱さが、いつの間にか忘れられなくなっていた。

それも、すべてはレオニダスに惹かれたからだろう。

自由気儘《きまま》で、王らしい体裁などいっさい気にせず、いつも獣たちと戯れている。臣下から絶大な尊崇《そんすう》を受けながら、何故か孤高を貫く姿にも惹かれてしまう。

レオニダスへの思いに気づいたせいで、ラザロスらの焦燥《しょうそう》も手に取るように理解できる。

誰もが思っているのだ。王の一番になりたいと。

敬愛する王に頼りとされる臣下になりたい。他の誰よりも役に立つと認められたい。

レオニダスが猛獣たちと戯れるのは、信頼の証《あかし》。でも、孤高の王は誰にも弱みを見せない。

だからこそ、もっと信頼されたいと渇望《かつぼう》する。

自分もまた同じだ。臣下たちが王の信頼を希《こいねが》うように、自分もまた、レオニダスの一番近くで苛烈な生き様を見ていたいと思う。そして、もし許されるなら、同じ立場で同じ道を進みたいとも願ってしまう。

だが、侑李は大きくため息をついた。

そんな願いは、許されるはずがない。

それなのに、脳裏に浮かぶのはレオニダスが他の女性を愛する様だった。

男同士の睦《むつ》み合いなど、性欲を処理する以外に意味はない。

王ならばこそ、民のためにも世継ぎを得るべきで、醜い嫉妬心に駆られるのは、自分でも最低だと思う。

もし、レオニダスが敵でなければ、もっと違う出会い方ができたかもしれない。いや、その時は、顔を見ることもなく鐘国が滅亡した可能性があるが。

「はは……、堂々巡りだな……、こんな思いに駆られるなんて、あまりにも浅ましい……」

侑李は我知らず涙を滲ませながら呟いた。

けれども、その時、ふいに扉の開く音がする。

はっと目を上げると、レオニダスが険しい顔で戸口を塞《ふさ》いでいた。

「ずいぶんと舐めた真似をしてくれたな」

侑李はさっと涙を拭《ぬぐ》って立ち上がった。

「レオニダス様……」

この部屋に来てから、さほど経っていない。今姿を見せたということは、レオニダスは侍女を抱かなかったのだろうか。

疑問とともに、嬉しさが込み上げる。そして、そんな反応をしてしまう自分に嫌気が差した。

「別の女を宛がい、こんな場所に隠れているとは呆れたぞ」

レオニダスはずいっと歩を進めてくる。

とっさに逃げようとしても、寝台に阻まれて動けない。

侑李は波立つ気持ちを抑えて、精悍な顔を見上げた。

「別に隠れていたわけではありません。その様子では、お好みではなかったということですか？」

嫌みったらしい言い方が、自分でもおぞましかった。それでも問題ははっきりさせておく必要がある。

「ラザロスからも言われた。おまえが、俺に世継ぎがいないことを気にしているとな。だが、あいにくだったな。わざわざ用意してもらわずとも、気に入った女がいれば自分で口説《くど》く。おまえの手など借りるつもりはない。それに、今はおまえを嬲るほうが面白いからな」

レオニダスはにやりと笑って吐き捨てた。

いやな予感で、とっさに視線をそらすが、いち早く手首をつかまれる。

ぐいっと手繰《たぐ》り寄せられたと同時に、寝台の上へと押し倒された。

「な、何をするんですか？」

「何をするだと？　おまえの身体で欲望を処理するだけだ。今のところ、おまえが一番具合がいいからな」

「くっ」

ひどい言葉を投げつけられて、侑李はきつく奥歯を噛みしめた。

レオニダスへの思いに気づく前は、屈辱を感じるだけで済んだが、今はもっと胸が痛む。

ただでさえ虜囚の身なのに、思いは完全に一方通行だ。何よりもレオニダスは敵国の王である。鐘国で生まれたものとして、敵を愛するなど裏切り行為だ。

「また自分の殻《から》にこもったか。どうしておまえは素直になれない？　皇子という身分など関係なく、己が望むままにすればいいものを。そんなに自分をさらけ出すのがいやなら、無理にでもそうなれるように仕向けてやろうか」

レオニダスは不穏な言葉を吐く。

いったい何をするつもりかと身構えたが、レオニダスの動きのほうが早かった。

「あぁっ」

侑李はとっさに身をよじったが、腰の細帯をしゅるりと解かれる。おまけにレオニダスは、強引に侑李の両手を重ねて、その帯を巻きつけたのだ。

「鎖を用意している暇はない。それに鎖ではおまえの肌が傷つく」

侑李は悲しみのあまり、きつくレオニダスを睨みつけた。

このところ手ひどく扱われることはなかった。それなのに、レオニダスは再び侑李の自由を奪ったうえで犯そうというのだろう。

「こんな真似をせずとも、私はあなたの言いなりになるしかない立場。無駄なことを」

「そうか？　おまえは素直じゃないからな。こうして無理にでも体勢を整えないと、本音を明かさないだろう」

何を言っても、レオニダスは嘲るように答えるだけだ。

のしかかってきたレオニダスは、ゆっくりと夜着の合わせをめくる。

白い肌は簡単に剥き出しとなった。

レオニダスは侑李の束ねた両手を頭上で押さえつけ、両足にも体重をかけてくる。

身動きが取れなくなったなかで、そろりと胸を撫でつけられた。

「くっ」

最初からわざと胸の突起を掠めるような動きだ。

頻繁《ひんぱん》に抱かれて、侑李の胸は異常なほど感じやすくなっている。ささいな触れ方なのに、乳首は簡単に硬くなった。

「開発した甲斐はあったな。もう尖らせているのか。いや、おまえは初めからここが弱かった。焦らずとも存分に可愛がってやる」

声と同時に、きゅっと先端が摘まれる。

「ううっ」

ずきんと走った小さな痛みと強い刺激で、侑李はくぐもった声を漏らした。

嘲られても逆らえない。

腫れ上がった乳首を押したり、爪で引っかかれたりするたびに、身体の芯が熱くなった。そのうえレオニダスは、もう片方の胸に舌までつけてくる。

ぞろりと舐め上げられると、どうしようもなく震えてしまう。

レオニダスはさらに、過敏になった先端を甘噛みまでした。

「ああっ、う、くっ」

侑李は堪えようもなく、甘い喘ぎを漏らした。

「いい調子だな。少し弄っただけで、もうここを大きくしている」

次に触られたのは花芯だった。

腰帯を解かれたので、下肢が完全にあらわになる。隠しようもなく存在を主張するものを握られ、ゆっくりとしごかれた。

「うくっ……ぅ」

侑李は懸命に腰をよじって逃れようとしたが、そのたびにレオニダスが罰を与えるようにぎゅっと幹を握る。

走り抜けた痛みさえ刺激になって、侑李はさらに昂《たか》ぶらされた。

「ほんの少し嬲っただけで、蜜を溢れさせている」

レオニダスはおかしげに言いながら、蜜の溜まった先端を指で撫でた。

「あ、うぅ」

縛られた両手で押しのけようとしても、さらに花芯を刺激されるだけ。レオニダスの思うとおりの反応を引き出されるだけだった。

「前だけでは物足りないだろう。もっと欲しいなら素直にそう言え」

「だ、誰がそのようなこと……っ」

侑李は意地を張るように吐き出した。

けれどもレオニダスには鼻で笑われただけだ。

「くくっ、これぐらいでは屈服せぬか。それなら、もっと素直になれるようにするだけだ」

レオニダスは侑李の腰を押して横向きにさせる。

腰に引っかかっていた夜着を取り除かれると、双丘が剥き出しになった。

思わせぶりにそこを撫でられる。

だが、侑李が息を吐いた瞬間、レオニダスは無理やり狭間に指を入れてきた。

「あぁっ」

指は蜜で濡れていたが、いきなり奥まで挿し込まれて痛みが走る。

「痛いのか？　だが、こうすればどうだ？」

「あああっ」

弱い場所を指の腹で思いきり抉られた。

痛みを遥かに凌駕《りょうが》する悦楽が噴き上げてくる。

「そうだ。そうやって、いい声で啼《な》け。おまえは俺に嬲られるのが死ぬほど好きだろう。素直に認めるんだな」

「やっ、ああ……っ」

侑李は必死に首を振った。

こんなやり方で屈服させられるわけにはいかない。意地でも言いなりにはなりたくなかった。

けれどもレオニダスは集中して弱い場所を刺激する。

こんなことで感じさせられるのはいやなのに、一気に欲望が迫り上がってきた。

「ふむ、もう達きたくなったのか。指一本咥えただけだというのに、浅ましいな」

「……っ」

どんなに嘲られても言い訳はきかなかった。

今はもう触れられてもいないのに、花芯は痛いほど張りつめたままだ。

しかし、レオニダスはさらにひどいことを考えていたのだ。

「いいだろう。おまえがもっと素直になれるようにしてやろう」

レオニダスは優しげな声を出しながら、両手の拘束を解く。だが、解いた紐をあろうことか、張りつめたままの花芯に巻きつけた。

「な、何を……っ」

「おまえが素直に甘えてくるまで、達することを禁ずる。負けず嫌いのおまえには、いい仕置きだろう。さあ、尻を高く差し出せ」

「えっ？」

巻きつけられた紐に気を取られているうちに、レオニダスの手で腰を持ち上げられる。

取らされたのは、レオニダスに向かって腰を高く差し出す後背位《こうはいい》の姿勢だった。

「行くぞ」

レオニダスは左手を侑李の腹の下に差し込んで持ち上げ、もう片方の手で尻の狭間を広げる。抗う暇もなく、熱く滾ったものが窄まりに押しつけられた。

「え、ああっ！」

いきなり奥まで太いもので犯されて、侑李は悲鳴を上げながら仰け反った。

けれども反動で、レオニダスのものがさらに奥まで進んでくる。

指一本でほぐされていたとはいえ、優しさの欠片もない行為で痛みが走った。

「きつかったか？　だが、すぐに慣れるだろう」

レオニダスはそう言って、容赦なく抽送を開始する。

「ああっ、あ、くっ、あああっ」

大きく揺らされるたびに嬌声が上がった。

激しい動きで死にそうなほどつらいのに、狭い場所はすぐにレオニダスのものに馴染んでいく。

深く奥まで犯されたあと、ぐいっと大きく回転が加えられる。そして硬い先端でいやというほど敏感な内壁を擦られた。

レオニダスはぎりぎりまで怒張《どちょう》を引き抜き、そのあと弾みをつけて最奥まで打ち付けてくる。

「あああっ、や、ああっ……んくっ」

「やはり、おまえが最高だ。俺の形をしっかり覚え、物欲しげに絡みついてくる。おまえのここを知ったからには、他の女など抱く気になれんな」

「ひ、ひどい……ことを……っ、あうぅ」

反撥しようと思っても、快感が迫り上がってうまくいかない。

身体の奥に熱の固まりが生まれ、外へすべて吐き出したいとの欲求が抑えられなくなった。

「どうした？　もっと欲しいなら、そう言え。もっと犯してほしいとねだってみろ」

レオニダスは見透かしたように言う。

言葉どおり、すべての欲望を吐き出したくてたまらなかった。でも花芯の根元には紐が巻きついている。勝手に上り詰めることも許されず、頭がおかしくなりそうだった。

「やっ、ああ……、も、もう……、あああっ」

侑李は必死に首を振ったが、レオニダスは気づかない振りで激しい抽送を続ける。

がくがくと身体全体が揺さぶられるほど強く打ちつけられた。

いつもなら、とっくに上り詰めている。すべてを吐き出しているはずなのに、今はそれができない。

堰《せ》き止められた欲望が、身体中に逆流するかのようだ。

「やっ、ああ、……もう駄目……ああっ」

「どうしてほしい？　口に出さぬと、ずっとこのままだぞ」

レオニダスはわざわざ侑李の顎をつかみ、耳に口を寄せて囁く。

息のかかるささいな刺激さえ、身体の芯まで伝わって、さらにおかしくなる。

「いやだ……、もう……っ、わ、私を……こ、殺して……っ」

「違うだろう！　もっと俺が欲しいと言え。おまえを犯しているのは俺だ。よけいなことはいっさい考えるな。俺だけを感じろ」

「うっ、ううぅ」

レオニダスは許さないとばかりに、さらに激しく攻め立ててきた。

両手で侑李の腰をとらえ、すべてをぶつけるように強く揺さぶる。

「さあ侑李、言え。何が望みだ？」

「ああっ、あっ、あっ……」

達きたい。今すぐ欲望を吐き出したい。

もうまともにものを考えることもできず、侑李はただ解放の時だけを切望した。

でも待っているだけでは許してもらえない。

それに、熱で霞《かすみ》がかかったような頭に浮かんでくるのは、まったく逆の思いだった。

ずっとこのままでいたい。レオニダスと深く身体を繋げ、いつまでもこうしていたい。

最奥に、レオニダスの情熱の証を注いで欲しかった。

「侑李、さあ言え。おまえは何を望む？」

「あ、……あうぅ」

レオニダスはふいに動きをゆるめ、胸に手を回してきた。

腫れ上がった乳首をきゅっとつねられる。

とたん、体内の欲望が膨れ上がり、侑李はさらに追いつめられた。

「侑李、おまえの望むものはなんだ？」

耳たぶをぺろりと舐められ、囁かれる。

レオニダスはゆっくりと宥めるように腰を揺らしていた。

「欲しい……、もっと……欲しい、レオニダス、様の熱いもの、が……、ほ、欲しい」

「そうか、俺が欲しいのか？」

何故か嬉しげな声で訊ねられ、侑李はこくりと頷いた。

「欲しい。もっと、レオニダス様が……欲しい」

一度口に出せば、もう歯止めは利かなかった。

箍《たが》がゆるんだように、己の願いを口にする。

「そうか、俺が欲しいなら、たっぷりおまえの中に注いでやろう」

レオニダスはそう言った直後、動きを速めた。

それと同時に、花芯の根元を縛っていた紐が解かれる。

ぐいっぐいっと数回奥を抉られただけで、侑李はあっさり白濁《はくだく》を撒き散らした。

「ああぁ――――、う……くうっ」

切れ切れに嬌声を上げながら、すべてを思うさま吐き出す。

「くっ、たまらんな」

レオニダスも呻き声を上げて、侑李の中に激しく欲望を叩きつけた。

熱いもので蕩けた場所をいっぱいに満たされる。

「ふく……っ、……あああっ」

気を遠のかせそうだった侑李は、いきなり楔を引き抜かれて悲鳴を上げた。

「もっと欲しいだろう。これで終わりじゃない。素直になった褒美《ほうび》に、もっと俺をくれてやる」

レオニダスはにやりと笑いながら、侑李の身体を表に返した。

潤んだ目を見開いているうちに、両足を大きく開かされる。

侑李がこぼした蜜液とレオニダスの欲望で、窄まりはたっぷり濡れていた。そこに再び硬い先端がめり込んでくる。

「ああっ、あ、あっ、あっ……」

「侑李」

欲望を吐き出したばかりだというのに、レオニダスは少しも衰《おとろ》えていない。それどころか、先ほどを上まわる硬さと大きさで、侑李を犯しにかかっている。

蕩けきった場所に、逞しく滾ったものをこじ入れられて、侑李は歓喜に震えた。

「あ、んっ、あ、つい……、大きくて……、あん、だ、駄目になる……」

もう自分が何をしゃべっているかもわからなかった。

ただ本能が命じるままに、自分から手を伸ばして逞しいレオニダスにかじりついた。

自分を犯す男はまだ夜着を身につけたままだ。侑李はそれが邪魔だと思って取り払う。

レオニダスは深く繋がったままで、脱げかかった夜着をすべて取り去った。

「侑李、もっとおまえを可愛がってやる」

「……レオニダス様……」

侑李はひしとレオニダスに抱きついた。

熱い素肌が触れ合って、さらに喜びが湧き上がる。

レオニダスはゆったりした動きで侑李を揺さぶりながら、唇を寄せてきた。

「んんっ」

口づけは淫らで、すぐに甘い唾液が広がる。

何もかもがひとつに溶け合っているようで、侑李は夢見心地になっていた。

†

何度も精を絞り取られ、侑李は深い眠りについていた。

身体はぴくりとも動かない。

でも、逞しい存在が隣にあって、自分を抱き寄せている。

温かな素肌に顔をつけ、侑李は心からの安堵《あんど》とともに微笑んでいた。

だが、無意識のうちにも、誰かが近づいてくる気配がする。

「陛下、お邪魔をして申し訳ございません」

これは、テオドロスの声だろうか。

どこか焦りを感じさせる調子だ。

「何があった?」

「はっ、反乱が起きました。すでに鎮圧《ちんあつ》部隊は差し向けましたが、他でも動きがあり、ご判断を仰ぎたく」

「すぐに行く」

「はっ」

夢の中で聞こえた会話はそこで途切れた。

侑李はまだ夢の中にあったが、しがみついていた温《ぬく》もりはなくなっている。

それがレオニダスとの運命を変える契機《けいき》になるとは、眠り続けていた侑李はまったく気づくことがなかった。

八

レオニダスに激しく抱かれた翌朝。

侑李は迎えに来た侍女とともに、自室へと戻った。

目覚めた時、すでにレオニダスは姿を消していたのだが、寝台は愛欲の名残で乱れきっており、侑李は羞恥で身の置き所がなかった。

自室へ入ると、ひとりの侍女が床に崩れ落ち、額を打ちつける勢いで拝跪する。

「お許しくださいませ。どうか、何卒、お許しを」

「侑李様、私からもお願いします。春華《しゅんか》は侑李様を裏切るつもりなどなかったのです」

もうひとりの侍女も走り寄って、隣で拝跪した。

最初に謝ってきたのは春華。そして歳下の春燕《しゅんえん》とは姉妹だった。

おそらく伽に出されたのは春華なのだろう。娘らしく華やいだ容貌に目をつけられたのだと思う。

しかし侑李には侍女たちを憎く思う理由がない。

「ラザロス殿に言いつけられたのだな？」

確認するように言うと、春華と春燕は揃って涙を溢れさせる。

「ご命令ゆえ、仕方なかったのです。でも、私は陛下のご機嫌を損じてしまいました。かくなる上は、斬首《ざんしゅ》となる覚悟もできております。ですが、侑李様にはなんとしてもお詫びを申し上げたいと思い……ううう……」

あとはもう言葉にならない様子だった。

「どうか、姉をお許しください」

妹の春燕は姉を思い必死の形相《ぎょうそう》だ。

侑李は内心でため息をついた。

春華に落ち度などあろうはずがなかった。ただラザロスに命じられて夜伽を務めるつもりだった。でも、春華はレオニダスの好みではなかった。それだけのこと。

「ふたりとも、もう立ちなさい。私に謝る必要などない。それに陛下はきっと虫の居所が悪かっただけでしょう。それより、沐浴《もくよく》がしたいのだが、用意をしてもらえぬか?」

侑李がそう言うと、ふたりは顔を見合わせる。

だが悲愴だった表情に明るさが生まれ、その後はすっかり元の調子を取り戻したようだった。

侑李は沐浴の用意をしに駆けていく侍女たちの後ろ姿を見て、再び嘆息した。

侍女との同衾《どうきん》を画策したラザロスは、この結果にいい顔をしないだろう。でも肝心のレオニダスが撥ねつけている以上、どうしようもなかった。

それに、ラザロスが今後どういうふうに出てくるかも気になっている。臣下としての要望は理解できるが、あのレオニダスの態度ではこの後も苦労を強いられると思う。

侑李としても、自分から侍女を送り込むような真似はしたくない。命じたとて、侍女が傷つくだけだからだ。

朝餉を終えた頃、ラザロスはいつもと変わらず現れたが、苦り切った顔をしていた。

「陛下の執着を見誤っていたようです」

「申し訳ないとは思いますが、私では力になれません」

侑李ははっきりと告げた。

ラザロスはむっとしたままで腕組みをし、探るように見つめてくる。

そうしてややあってから、深いため息をついた。

「ひとまず、陛下は反乱分子の鎮圧に出かけられました」

「反乱分子？」

侑李は思わず訊ね返した。

昨夜、夢の中でレオニダスがテオドロスと交わしたやり取りをかすかに覚えていた。しかし、反乱分子の鎮圧で王自ら動くというのは納得できない。それとも、よほど大きな反乱なのだろうか？

「陛下にはよい息抜きになるでしょうな」

「息抜き？」

「前にも言ったかと思いますが、陛下はずっと戦い続けてこられた。というより、陛下にとって戦いは、息をするかのごとく必要不可欠なものです。戦場で敵を屠る。それだけが陛下を動かす要因だ。戦っておられる陛下は、神の寵を一身に受けられたかのように輝いておられる。あのお姿を目にした者は例外なく、感動で涙を溢れさせる。陛下は神に愛された英雄なのです。ゆえに、あのお方に停滞は似合わない。しかし、永久に戦い続けていただくというわけにもいかない。だからこそ、臣下は皆憂《うれ》えている。陛下が次に何をお望みか、今ひとつわからぬからですよ。無様なことですが……」

侑李はラザロスの話に違和感を覚えた。

ずっと付き従ってきたというのに、どうしてレオニダスの心境に思い当たらないのだろう。侑李の印象では、レオニダスは戦いそのものは求めていないように思う。愛玩する猛獣たちと戯れに戦うのは好きだが、戦場での殺戮《さつりく》はどうなのだろうか。

戦場での姿を思い出しても、飄々《ひょうひょう》としていたが、血に飢えている雰囲気ではなかった。

昨夜、レオニダスは執拗《しつよう》に望みを言えと強要したが、侑李も知りたいと思う。

一代で大国を築いた王は、いったい何を望んでいるのだろう。

「とにかく、ファルミオンが吸収した国も多くなった。そろそろ帝国としての体裁も整えねばならない。侑李殿、あなたの前ですが、この際はっきり言いましょう。臣下は皆、鐘国を滅ぼすことを進言している」

「鐘国を……滅ぼす……」

侑李は呆然となった。

すでに内乱でおかしくなっているところを攻められたら、鐘国はひと溜まりもないだろう。

「鐘国は今までに吸収してきた国々とは違う。徹底して厳しくせねば治まらぬでしょう。たとえば、皇族貴族は完全に排除するとか……、何しろ貴殿の国は古すぎて体制そのものも腐り果てているようだし」

ラザロスの指摘に、侑李は言い返すことさえできなかった。

ファルミオンは今まで滅ぼした国の民を大切に扱ってきた。けれども、この口ぶりではどこまで期待できるかわからない。

「まあ、それも陛下が今ひとつ乗り気とは言えないので困っているわけです。あなたには他にも頼みたいこともある。二、三日中には準備も整うだろうから、その折にでも」

ラザロスはそう言い終えると、さっさと部屋から出ていった。

ファルミオンについての講義はなし。

侍女を寝所に送り込むことに失敗し、元凶である侑李を疎《うと》ましく思う気持ちを隠さなくなったのだろう。

レオニダスが戦に出かけ、暇を持て余した侑李は、庭園へと足を向けた。

けれども、ここでも大きな変化があったのだ。

「誰もいない？　みんな、レオニダス様を追っていったのだろうか。もしかして、身重《みおも》の雪豹まで？」

レオニダスが猛獣たちと戯れていた草地には、なんの影もなかった。

気配を探ってみても、何も感じない。

侑李は四阿の長椅子に腰かけ、深いため息をついた。

心地よい風が吹いているが、寂しさしか感じない。こんなに軟弱でどうする。そう己を叱咤してみても、心細さがなくならなかった。

今頃、レオニダスはどうしているだろう。

獣たちを引き連れて、嬉々として敵を屠っているのだろうか。

配下の兵たちはきっと王とともに戦えて、歓喜していることだろう。

「私はどうすればいい？」

ぽつりと口にしても、答える者は誰もいない。

侑李は自分で自分を抱きしめて、ため息をつくしかなかった。

†

三日後、ラザロスは改めて侑李を呼びつけた。

向かったのは政務を執り行う部屋だ。

「ああ、どうぞ、こちらへ」

ラザロスは冷ややかな声で侑李を奥の間へと誘導した。

人払いをしたので、他には誰もいない。

わざわざここまで呼び出したのはなんのためなのか、侑李は怪訝に思った。

「どうぞ、その椅子へおかけください」

ラザロスはそう言って、肘掛《ひじか》けのある椅子を勧める。

大人しく従うと、ラザロスも向かいの椅子に腰を下ろした。

「さて、単刀直入に申し上げます。鐘国へお帰りください」

「ええっ」

さしもの侑李も驚きの声を上げる。

ラザロスは腕組みをして、そんな侑李を眺めている。

「あなたの存在は、陛下のためにならぬ。ゆえに、ここから去っていただきたい」

「でも、私は虜囚の身です。邪魔だというなら、首を刎ねるのが順当なところでは？」

侑李は冷静さを取り戻して答えた。

苦り切った表情のラザロスは、自嘲気味に息を吐く。

「陛下の留守にそんなことを実行すれば、私の首まで飛んでしまう。だから、貴殿には自分から出ていってもらいたい」

侑李は信じられずに、眉をひそめた。

「それは、王の許可がなくとも、私を解放するということですか？」

「そのとおり。陛下はあなたに執着しておられる。しかし、あなたが自ら出ていったとなれば、おかしな執着も消えるというもの。少し時間がかかるかもしれませんが、陛下にはこちらで別のお楽しみをご用意します。放っておいても、いずれあなたには飽きるとは思うが、今はこちらも微妙な時期なので、この際多少の問題には目を瞑ることにした次第。いかがです？　あなたにとっても、これはよい話だと思いますが？」

余裕たっぷりに言うラザロスに、侑李は大きく動揺した。

虜囚の身から解放される。

それは降って湧いたような僥倖だった。

しかし、すぐに飛びつく気にはなれない。

これは明らかにレオニダスに対する裏切りだ。今さら矜持を持ち出すのもどうかと思うが、あっさりと決断するわけにはいかなかった。

「ラザロス殿、私は逃げるわけには」

「邪魔なのですよ、あなたが！　ファルミオンにとって、あなたの存在は害にしかならない。それとも、まさか今になって陛下を慕《した》っているなどと言い出す気ではないでしょうね？　あなたは陛下に負けた。陛下が同情から、配下に加えてやろうと言われたのも、自分勝手に意地を張って断った。それなのに、今になっておかしなことは言い出さないほうがいい」

「…………」

侑李は何も答えられなかった。ラザロスの言葉が耳に痛い。

「あなたには出ていってもらう。これはファルミオンの宰相《さいしょう》として、私が決定したことなので、もう覆りません。そして、あなたにはもうひとつ朗報を差し上げましょう。ちょうど、到着したようだ」

ラザロスがそう言ったと同時に、扉が叩かれる。

室内に入ってきたのは、近衛兵に連れられた長身の男だった。

薄汚れた貫頭衣を着て、頭から目深《まぶか》に灰色の頭巾を被っている。両手は後ろで拘束されていた。

「まさか、伯！」

男の顔を見た侑李は、大きな声を上げた。

「侑李様……、このような無様をさらし、申し訳ございません」

伯は唇を噛みしめて言い放ち、がっくりとその場で膝をつく。

見れば日焼けした顔にも、覗いた胸にも真新しい傷跡がある。

「伯……どうしてここへ？」

侑李の問いに答えたのは、ラザロスだった。

「陛下から調査するように言われた船に乗っていたのですよ。他にも怪しげな男たちはいたが、もう少し泳がせておいたほうがいいと判断し、捕らえたのはこの男だけです。ずっと黙秘を続けていたが、やはり侑李殿が目的だったようだ」

レオニダスが命じて船の内偵《ないてい》が行われたのだろう。そして結局、伯が捕まった。

どうしてこんな無茶をしたのかと、伯を責めたかった。けれども何も言わずともわかってしまう。伯は虜囚となった自分を逃がすために、単身で秦羅国まで乗り込んできたのだ。

「伯、どこか怪我をしているのでは？」

「いいえ、侑李様。どこにも怪我など。それより、侑李様こそ、ご無事でおられたのですか？　何か無体な真似をされませんでしたか？」

鬼気迫る勢いで問い返されて、侑李は力なく首を左右に振った。

「私はこのとおり無事です。ファルミオンの方々は、私を丁重に扱ってくれました」

内心で笑い出しそうだったが、そう答えるしかない。

事実、陵辱されたことを除けば、破格の厚遇《こうぐう》を受けていた。

「さて、主従《しゅじゅう》の感動の再会はそのぐらいにしてもらおう。王宮の外まで目立たぬように案内させるので、早々に立ち去っていただきたい」

ラザロスは取りつく島もなく宣言する。

「待ってください。私はまだ逃げるとは」

「問答無用、ですよ、侑李殿。万一この話をお断りになるというなら、その者はすぐさま処刑します」

「そんな……」

侑李は呆然となったが、ラザロスは断固としてこの企《たくら》みを実行する気でいる。

事情を知らない伯は、何故言われたとおりに逃げないのかと、不思議そうに見つめてきた。

伯の命まで盾に取られては、断ることなどできなかった。

レオニダスに何も言わずに逃げ出すのはいやだった。

心が張り裂けそうになっている。

伯のことを抜きにしても、侑李には断る理由はなかった。

「侑李様、この男を信用したわけではありません。しかし、逃げてくれていいというのです。この機会を無駄にしたくない。軍を抜け、秦羅国に出入りする商人を捕まえた。もう少しというところで不覚にも捕縛《ほばく》され、絶望しかなかった。だが、天は俺を見捨てなかった。どういう事情があるのかはわかりません。でも、この男は侑李様を邪魔だと思っている。せっかく巡ってきた機会なのですから」

伯は掻き口説くように訴える。

侑李にはもはや、拒否するどんな理由も残されていなかった。

†

ラザロスが使う小者《こもの》の案内で、侑李と伯は人目を忍ぶように王宮を抜け出した。

伯が向かったのは港で、レオニダスと一緒の時に見かけた船に乗せられる。

「旦那、我が主をお連れした。かねての約束どおり、密《ひそ》かに鐘国まで運んでほしい」

伯がそう頼み込んだのは、顎髭《あごひげ》を蓄えた恰幅のよい商人だった。

じろりと穴が空きそうなほどに、頭の天辺から足の爪先まで値踏みされる。

豪奢な衣装は目立つからと、ごく普通の胡服に着替えていたのだが、商人の目はごまかせなかった。美しい顔立ちやほっそりした肢体、そして仕草にも生まれつき備わっている気品が出てしまっている。

「なんとも美しい主殿だな。なるほど、あんたが命懸けで救い出したいと言うはずだ。わしも、ぜひともお近づきになりたいものだが……」

いやらしい目つきで眺められ、侑李は不快感でいっぱいになった。

「それ以上、我が主に近づくな！」

伯がすごい剣幕で間に入り、商人は大袈裟に後じさる。

「おお、怖い、怖い。まあよいでしょう。金子は最初に貰ってある。何も言わず、船にお乗せしましょう。出航は明後日の朝を予定している。それまで船室でゆっくりお過ごしください」

商人が立ち去り、伯は大きく息を吐いている。

「まったく、あの商人め、好色そうな目で侑李様を見るなど許し難《がた》い。有無を言わさず斬って捨てようかと思いましたが」

「伯、それでは今までの努力が無駄になる」

「はい、申し訳ありません」

素直に頭を下げた伯に、侑李はほっと息をついた。

川用の船なので大きさはさほどない。用意された船室も、それに見合った広さしかなかったが、これでも上等なほうだろう。

寝台はなく、隅に寝具が置いてあるだけだ。他には食事用の小さな卓子のみ。

侑李はその狭い船室の床に座り、伯から鐘国の話を聞いた。

「俺は侑李様に命じられたとおり、配下の者を軍に合流させました。そのあと大将軍に、侑李様をお救いする軍を出してほしいとお願いしたのですが、お許しがなく……。散々騒いだせいで、命まで狙われることになってしまいました。ですが、なんとしても侑李様をお助けせねばと、俺は単身で秦羅国に入る伝《つて》を探しました。西国へ向かう隊商《たいしょう》に潜り込むより、南方からの船を使ったほうがいいと判断し、先ほどの船主《ふなぬし》を紹介してもらったのです」

「それで、どうしてラザロス殿に捕まったのですか？」

侑李が訊くと、伯は悔しげに眉根を寄せる。

「なんでもこの船に密輸の疑いがあるとかで、何故か俺が引っ立てられました。すぐに逃げようかと思ったのですが、幸いなことに密輸の件に関してはさほど厳しい取り調べもなく、ここまで来て、船の便を無駄にはできないと大人しくしておりました。ですが、あの宰相が現れて、かまをかけられてしまったのです。それであの男に、悪いようにはしないと言われ、王宮内への伝もなかった俺は、この機会に賭けるしかありませんでした。なんとも情けないやりようで、申し訳ないのですが……」

自嘲気味に言う伯に、侑李はゆっくり首を左右に振った。

「ここまで助けに来てくれて、礼を言う。そなたを危ない目に遭わせるのは本意ではなかったのだが……」

「侑李様」

「それで、鐘国の様子はどうなのだ？　陛下が身罷られたとの噂を聞いたが」

侑李はさりげなく話題を変えた。

「はっきりしたことはわかりませんが、陛下は弑逆《しいぎゃく》されたのではないかと推察します」

「弑逆？　誰がそのようなこと」

「傳大将軍です。こたびの大敗北で責任を追及されるのは必至。大将軍はそれを逆手《さかて》に取って、軍を一気に皇宮へと向けられました。表向きは清栄様に位を譲られたことになっておりますが、巷《ちまた》の噂では陛下を手にかけられたのではないかと……」

「大将軍が……」

予測していたこととはいえ、あまりの悲惨さに声も出ない。

「大将軍のやりように納得いかない貴族が、すぐさま兵を挙げ、今や鐘国中に内乱の嵐が吹き荒れております」

城下の商人ですら、その噂をしていた。いったいどれほどの規模で国に戦乱が広がっているのか、暗澹《あんたん》たる気持ちになる。

「侑李様、ともかく秦羅を出たら、鐘国の東にある俺の故郷へお連れしようと思います。そこでなら、侑李様を匿《かくま》っておけます。今は時期が悪いですが、いずれ侑李様ご自身で大将軍討伐《とうばつ》の軍を起こされてはどうでしょう」

「そうだな……、そなたの世話になろう」

侑李にはそれしか答えられなかった。

国中で内乱が起きているなら、自分はどうすればいいのか。

玉座に即く気などないが、民のことを思えば傍観しているだけというのも気が引ける。

レオニダスに何も告げずに出てきたことで、侑李の気持ちは乱れに乱れていた。そこに、鐘国のことまで加わって、もうどうしていいかわからなかった。

「侑李様、少しお休みください。俺がちゃんと見張ってます」

侑李の疲れを察したように、伯がそう声をかけてくる。

「そうだな。少し休ませてもらおうか」

侑李は力なくそう答えるしかなかった。

†

夜になって、水夫が食事を運んでくる。

侑李が箸を手に取ると、伯がそっと腕を押さえた。

「俺が毒味をします」

「そんな必要は……」

「いいえ、ここの船主は信用なりません。万が一のことを考えれば、毒味は必要です」

断固として告げられて、侑李は退くしかなかった。

伯はすべての料理をひと口ずつ食べて毒味をする。一緒に運んでこられた酒も口に運んだ。

「即効性の毒はないものと思います。味はお世辞にもいいとは言えませんが、食事は取っておいたほうがいいでしょう。どうぞお召し上がりください」

満足した伯は、そう言って夕餉《ゆうげ》の膳を侑李へと押し出した。

「伯も一緒に食べるといい」

「では、失礼して」

伯は短く答え、自分の分の膳に箸をつける。そして無駄な時間はかけずに黙々と食して、最後に残った酒を呷った。

異変が起こったのは、侑李が半分ほど料理を食べた時だった。

伯がガタッと音をさせて、倒れたのだ。

「伯！　どうした？　まさか、毒か？」

侑李は焦って伯の身体を揺すった。

「も、申し訳ありません。急に眠気が……か、身体が動かなく……」

侑李は伯の様子を見守った。

顔色は悪くなく、吐いてもいない。身体に痙攣《けいれん》なども出ていなかった。

伯はまぶたを閉じて眠っているだけのように見える。

まさか、眠り薬を盛られたのか？　即効性の毒ではなかったせいで、伯も気づかなかったのか。いったい誰がなんの目的で？

侑李がそう思った時、船室の扉が開いた。

「おお、効き目は抜群のはずですが、まだ眠っておられなかったのか」

顔を出したのは、船主だった。

「伯に何をした？」

侑李は寝ている伯を後方に庇《かば》い、きつく船主を睨みつける。

「怒った顔はますます絶品ですな。いや、これは思わぬ儲けものだった」

戸口には屈強な水夫が大勢並んでいる。

眠った伯を置いてひとり逃げるわけにもいかず、大人しくするしかなかった。

「伯に何をした？　私たちをどうする気だ？」

侑李は臆さずに訊ねた。

眠り薬を盛られただけなら、伯が目覚めるまでひとりでなんとか切り抜けるしかない。

「どうやら酒は召し上がらなかった様子ですな。仕方ない。傷つけるのは本意ではないが、拘束させてもらうとしましょう」

船主はとぼけたふうに言い、後方に合図を送る。

すぐさま屈強な男が出てきて、侑李は後ろ手に拘束されることとなった。

男は眠らされている伯も厳重に縛り上げる。

侑李は男たちに引き立てられて、別の船へと移動させられた。

最初に乗っていたものに比べ、船室はずいぶん豪華な内装になっている。広い船室では、何人かの男たちが集まり、酒盛りをしている最中だった。

「皆さん、よいものが手に入りましたぞ」

髭を蓄えた船主は侑李を前に突き出すと、自慢げに言う。

「おお、これはこれは、ずいぶんと上玉《じょうだま》ですな」

「なんとなんと、恐ろしいほどの美しさだ。これほどの美女、いや美男は見たことがない。これはぜひともお借りしたいものだ」

白髪混じりの男が驚きの声を上げ、そして追従する者たちがあとに続く。

「このお方はなんと帝室の宝玉であらせられる」

「何、秦羅の王族とは思えぬ。すると、もしや鐘国の？」

船主の言に、あちこちから驚きの声が上がった。

ほとんどが秦羅人のようだが、船主の他にも鐘国人っぽい者が交じっている。

いずれにしても、よからぬことを考えている悪玉《あくだま》なのは疑いようがなかった。

「姫様、いえ、皇子様でしたかな。推測するに、行方不明になられたとの噂だった侑李様」

「おお、あの美貌で名高い皇孫であられるか」

「わしが一番に名乗りを上げようぞ」

「いや、わしが先だ」

男たちの反応は極端だった。

皆が好色でいやらしい笑みを浮かべているところをみると、鐘国の皇子と知って慰み者にする気なのだ。

眠らされた伯は、元の船で拘束されている。助けにはなりそうもない。

ファルミオンの警邏《けいら》隊も、この者たちを泳がせる気でいるようなので、当てにはできない。

こんな男たちに玩具にされるのは、なんとしてでも避けたかったが、侑李には回避する術がなかった。

レオニダスの手から逃れても、このような輩の餌食になるとは、運命のあまりの残酷さに、侑李は笑い出してしまいそうだった。

男たちの回りには屈強な護衛もついている。拘束された状態で暴れても、逃れることはできないだろう。

「船出は明後日の朝、今宵は徹底して楽しみましょうぞ。これ、他の女たちも連れてこい」

船主の命令で、護衛の男が何人かの若い女を連れてくる。

皆、肌が透ける薄物の着物を一枚だけ羽織《はお》らされており、何か薬でも飲まされたのか、とろんとした目をしていた。

「さあさあ、おまえたち。旦那様方に可愛がっていただくんだ」

船主が調子よく女たちを前へと押し出す。

足をよろけさせながらも、女たちは意思のない人形のように従っていた。

「秦羅の貴族の娘もなかなかだ。もちろん、鐘国の秘宝の前では色褪せてしまうが」

「いや、先にこの女たちを嬲るのも一興ですぞ。鐘国の皇子様に、たっぷり見ていただいて、この先の運命を思い知ってもらうというのはいかがですかな？」

「いやいや、あなた様も趣味人ですな」

男たちは女を抱え、胸元に手を入れている。

「あん」

膨らみをぐいっと摘まれて、年若い娘があられもない声を上げた。

抵抗する素振りもないのは、やはり薬を盛られているからだろう。

あまりの残酷さに、侑李は胸を痛めた。

商人たちは秦羅の貴族の娘をこんなに大勢捕らえてなんとするつもりなのか。もしかして、他国に売り飛ばそうとしているのではないだろうか。

自分を救い出すことに躍起《やっき》になっていた伯は、足元を見られたのだ。

「さあ、そろそろ皇子様も加わっていただきましょうか」

船主は侑李の肩をつかんで、床の上に突き飛ばす。

「何をする？」

侑李は鋭い声を上げたが、床に転がされた状態ではなんの牽制《けんせい》にもならなかった。

「いや、小汚い胡服をまとっているだけなのに、匂い立つような色気がある」

「すみません。気が急《せ》いて、着替えさせる暇も惜しんで連れてきましたのでな」

男たちは勝手なことを言いながら、群がってくる。

それぞれの手が伸びて、胡服が引っ張られる。

胸元を大きく広げられ、下衣も剥ぎ取られた。

侑李は必死に足を蹴り出して抵抗したが、大人数で押さえ込まれては、もうどうしようもなかった。

「やめろ！　触るな！　誰が触れていいと言った？」

いやらしい手が肌を直接這い回り、侑李はおぞましさに叫び声を上げた。

だが、男たちはにやにや笑うだけで、興奮を隠そうともしない。

「やめろ！　私に触るな！」

侑李が再び叫んだ時、呼応するように部屋の外からも罵声《ばせい》が聞こえる。

「それは俺のものだ。勝手に触れるやつは首を叩き落とす！」

「！」

どきんとひときわ大きく心の臓が鳴った。

同時に聞こえてきたのは、恐ろしい猛獣の咆哮だ。

「ガォォォォ――――ッ」

「グワウッ」

「ひぃぃぃ、虎だ！　虎だ！」

「獅子が来た！」

「く、黒い豹！」

男たちはあり得ないものを見て、腰を抜かす。

そのままじりじり尻で下がっていくのへ、乱入した獣たちが飛びかかる。

「殺すな。腕か足を食いちぎるぐらいにしておけ」

恐ろしい命を発したのはレオニダスだった。

黒革の胸当てをつけ、血の滴る大剣を無造作につかんでいる。

「ど、どうしてここへ……？」

侑李は惚けたように訊ねた。

あわやというところで、レオニダスが助けに来るなど信じられない。

「なんて様《ざま》だ。こいつらにいいように触らせたのか？」

レオニダスは手の拘束に剣を挿し込んで侑李を自由にする。

侑李は痕のついた手首を撫でながら、まだ信じられずに呆然となっていた。

そうこうしているうちに、護衛たちがなだれ込んでくる。

斬りかかってくる男を簡単にあしらいながら、レオニダスは侑李だけを見据えていた。

「侑李、おまえがそんなに馬鹿だとは思わなかったぞ。おまえはそんなにしてまで、俺から逃げ出したかったのか？　答えろ」

迫力のある低音で脅されて、侑李はびくりとなった。

けれども胸の奥から恐ろしいほどの歓喜が湧き上がってくる。

レオニダスが助けに来てくれた。

裏切って何も言わずに逃げ出したのに、助けに来てくれたのだ。

「さあ、侑李。答えろ。強制はしない。だが、本音で答えろ。本当に俺から逃げたかったのか？　掛け値なしでそうだと言うなら、今は仕方ないから逃がしてやってもいい。だが、策やつまらぬ意地で答えを偽《いつわ》ることは許さん。素直に本音を明かせ」

真摯な眼差しで見つめられ、胸の震えが大きくなった。

もう意地や誇りなどどうでもいい。鐘国のこともどうでもよかった。

「私は、あなたのそばにいたい」

ぽつりと明かしたとたん、レオニダスは極上の笑みを見せた。

「やっと言ったな」

床に伏していた侑李を片方の手で簡単にすくい上げ、そのあとしっかり抱きしめる。

黒革の胸当てが肌に擦れて痛かった。

でも、侑李のほうからも、懸命にレオニダスにすがりつく。

「レオニダス様、助けに来てくださってありがとう。こんなに嬉しいことはない。あなたを心から愛している」

侑李はレオニダスの胸当てに顔を埋《うず》めながら、するりと明かした。

そのとたん、レオニダスがびくっと硬直する。

「な、なんだと？　今、何を言った？」

乱暴に胸から引き剥がされて、顔をまじまじと覗き込まれた。

金の瞳で探るように見つめられ、侑李はふわりと微笑んだ。

「ひどいですね。聞き逃したのですか？　何度も口にできることではありませんから」

遅ればせながらやってきた羞恥で、侑李はつんと顎を上げて言い切った。

「くそお」

レオニダスは唸り声を上げたが、今度は壊れ物でも扱うかのように、慎重な手つきで抱きしめられた。

ふと気づけば、猛獣たちが獲物を嬲るように、男たちに戯れかかっている。

「皆、まとめて引っ捕らえよ。奴隷の密輸を行っていた悪人どもだ。ひとりも逃すな」

ファルミオンの警邏隊がそこらに転がっている者たちを捕らえて、引き立てていく。

鮮やかすぎる手並みで、すべての悪人が捕らえられたのだ。

九

侑李はレオニダスとファルミオンの警邏隊の手によって、無事に救出された。

ラザロスの勧めで自ら王宮を出ていって、二日ももたない逃避行だった。

いくら準備不足だったとはいえ、あまりにも手際が悪く、あっさり悪漢の手に落ちたことが恥ずかしかった。

そのうえレオニダスは瞬時も侑李を離す気がないようで、横抱きにしたままで王宮の歩廊を進んでいく。

多くの臣下に何事かといった目で見られ、侑李は顔を上げることさえできなかった。

「陛下、これはいったい……」

歩廊の途中でラザロスが慌てたように駆け寄ってくる。

侑李に向けられたのは、批判的な眼差しだった。

それに対しレオニダスは、極めて冷たい声音で問い質す。

「これは、おまえの目論見か？　ほんの少し俺の到着が遅ければ、取り返しがつかなくなるところだった」

「陛下、私はファルミオンのためを思えばこそ！　陛下は侑李殿に惑わされておいでです。それに、侑李殿がご自分で王宮から出ていくことを望まれたのです」

ラザロスは青い顔で言い訳する。

「言うまでもないことだが、侑李は俺のものだ。たとえ侑李自身が望もうが、逃がす気はない。ファルミオンのためを思ってとか、言ったな？　それは国のためではなく、おまえの野心だろう。おまえは俺を、傀儡の王にする気か？」

「決してそのようなことは！　陛下、どうかお願いでございます。私の話を聞いてください」

「あとにしろ」

レオニダスは、追い縋るラザロスを冷ややかに一蹴した。

侑李は横抱きで運ばれながら、ラザロスががっくりと蹲ったのを眺めていた。

国のため、何よりも敬愛する王のため、懸命に成したことを頭から否定されたのだ。

侑李には同情の気持ちしかなかった。

奥の私室に入ると、春華と春燕を筆頭に、侍女たちが泣きそうな顔で走り寄ってくる。

「侑李様、よくぞご無事で！」

「侑李様、必ずお帰りくださると、お待ち申し上げておりました」

侍女たちは口々に声をかけてくるが、レオニダスはそれも一蹴する。

「おまえたちは下がっていろ。俺が呼ぶまで、誰も近づけるな」

そう命じたレオニダスは、侑李を奥の間にある寝台へと運んだ。

「やっとうるさいのがいなくなった。こんなことなら、おまえを連れて、どこか他の場所へ行けばよかったな」

侑李をそっと寝台に下ろしたレオニダスは、ぼやくように言う。

船から助け出され、伯のことを頼んだ以外はろくに話もできなかった侑李は、大きく息をついた。

「レオニダス様は本当に型破りですね。あれではラザロス殿が可哀想すぎます」

「おまえなあ、あいつはおまえを体よく追い払おうとしたんだぞ。おまえは自ら出ていった。そう言えば俺が納得するとでも思ったんだろう」

「事実、そのとおりですが……」

侑李がそう返答すると、レオニダスは思いきり精悍な顔をしかめる。

そして、どすんと音を立てて寝台に腰を下ろした。

むっつりと黙り込んだレオニダスを見て、侑李は罪の意識に駆られた。

「本当のことを言えば、離れたくはなかった。でも、ラザロス殿の指摘どおり、私はなんの益にもならぬ存在です。鐘国のことも気になっていたし、伯も私を迎えに来て、もう躊躇っている時ではないと……」

侑李はゆっくり上体を起こし、素直に事情を明かした。

レオニダスは自嘲気味に嘆息する。

「やはりラザロスに乗せられたのか……。あれはこういった謀《はかりごと》も得意だからな」

「伝言さえ残さずに逃げ出したこと、本当に申し訳なく思っています」

侑李がそう謝ると、レオニダスはそっと手を伸ばしてきた。

肩を抱き寄せられて、涙が滲みそうになる。

「ラザロスとテオドロスは、最初の戦から一緒だった。いわば、古い友といったところだ。ファルミオンを敵に蹂躙させてはならない。たまたま同じ目的を持った俺たちは命懸けで戦った。奴隷だった俺は自由を手に入れ、世界中を見て回りたいという望みを持っていた。だから敵国を追い払ったあと、俺はファルミオンから出るつもりだった。しかし、あいつらは俺に王になってほしいと、そう頼んできた。ファルミオンを狙う国は他にもあった。だから俺は、ファルミオンの混乱が落ち着くまでという約束で王となったんだ。敵国を追い払っている間はまだよかった。だが、ファルミオンの力に目をつけた周辺国家が、こぞって俺たちに近づいてきた。助けてほしいと乞われ、力を貸した。ファルミオンを出て異国へ行くことは、俺の望みにも通じるところがあったからな。しかし、ファルミオンが大きくなればなるほど、次から次へと庇護を求めてくる者たちが現れる。十年の間ずっと戦い続け、俺は何も感じなくなっていた。そしてラザロスは当初とは違う望みを持ち出した。己の手で己が理想とする巨大な帝国を作り上げる。まあ、それが悪いとは言わんが、俺にしてみればめんどくさいだけだ。テオドロスもそうだ。あいつは戦で勝利することに酔っている」

話し終えたレオニダスは、皮肉っぽい笑みを浮かべた。

侑李は胸が締めつけられたようになり、我知らず逞しい男に寄り添った。

自由に世界を見てまわりたい。

その純粋でささやかな望みが、ファルミオンが大きくなるにつれ、見えづらくなっていったのだろう。

テオドロスは敬愛する王のそばで戦い続けることを望み、ラザロスは王の下、巨大な帝国を作り上げることが夢になったのだ。

レオニダスが誰のことも信頼していないのではないか。

侑李が感じた違和感は、互いの目的が変化したことで生じたずれなのだろう。

「レオニダス様は、今、何を望んでいるのですか?」

「おまえがそばにいればいい」

「な……っ」

あっさり放たれた言葉に、侑李は息をのんだ。

頬を染め、まじまじとレオニダスを見つめてしまう。

「どうした? 何かおかしなことを言ったか?」

「いえ、そうではなく、信じられなくて……」

ぽつりと呟くと、レオニダスがようやく笑みを浮かべる。

「最初からそう言っているだろう。黄土高原で俺に突っかかってきたおまえに、俺はひと目で惹かれた。己の命を賭して兵たちを助ける。おまえはそれしか考えていなかっただろう？」

「確かに、そうですが」

「戦場にあることが惰性になり始めていた俺には、おまえが眩しく見えて仕方がなかった。なんとしてでもおまえをそばに置きたいと、十年ぶりに、猛烈な欲が出た」

「まさか、そんな……」

呆然となっていると、レオニダスは頬に手を当ててくる。

「信じられないか？　だが、俺の本心だ。おまえをとらえ、最初はなんとか懐柔しようと思っていた。しかし強情なおまえは、自分の殻に閉じこもり、処刑されることだけを待ち望んでいた。おまえを拘束して無理やり抱いたのは、その殻を壊したかったからだ。幸いなことに、おまえは俺に抱かれて、徐々に己をさらけ出すようになった。感じていない振りで声を噛み殺している顔は、絶品だったな」

「そんな、ひどい……っ」

あからさまな言葉に、侑李はさらに頬を染めた。

初めて顔を合わせた時から求めていたと聞かされて、嬉しさが込み上げる。だが、羞恥のほうが上まわっていた。

「侑李、俺の望みはおまえをそばに置いておくことだけだ。ラザロスとテオドロスがいれば、ファルミオンはこの先もしばらくは大丈夫だろう。俺が王でいる意味はない。だから侑李、おまえの望みを言え。おまえの望みを達成するために、手を貸してやる。鐘国の玉座が望みなら、今すぐにおまえのものとしてやるぞ」

力強く告げるレオニダスに、侑李はゆっくりかぶりを振った。

「鐘の玉座など望みません。私の望みは……、私の望みもあなたのそばにいることだけです」

レオニダスの金の瞳をじっと見つめて、心の内を明かす。

鐘国のことは確かに気にかかっているけれど、心から求めるのはレオニダスだけだ。

「そうか、おまえもそう思ってくれるのか」

レオニダスはため息をつくように言い、そっと侑李を抱き寄せる。

頬に手を当てられて、上向かされた。

精悍な顔が近づいて、やわらかく口づけられる。

「んっ……」

侑李は目を閉じて、甘い感触を心ゆくまで味わった。

けれど最初は優しかった口づけは、すぐに舌を絡めた濃厚なものに変化する。

「んぅ……ふ、くっ……」

レオニダスの舌が口中で蠢くたびに、甘い痺れが生まれる。

羞恥を堪え、自分からも応えているうちに、そっと寝台に押し倒された。

侑李はレオニダスの首に両腕をまわして懸命にしがみつく。けれども黒革の胸当てが邪魔で不満が募った。

もっと近くでレオニダスを感じたい。

「んんっ、……や……っ」

必死に胸を押すと、ようやくレオニダスの唇が離される。

「口づけはいやなのか？」

不満げに言うレオニダスに、侑李はやわらかな笑みを浮かべた。

「胸当てを外してください」

「そうか、これが邪魔だったか。このまま抱きしめたら、おまえの肌に傷がつくな」

レオニダスは不承不承といった感じで上体を起こす。

しかし、すぐさま留め金を外して、胸当てを取り去った。

侑李はそっと手を伸ばした。

「反乱の鎮圧はうまくいったのですか？」

「ああ、俺が出るほどでもなかった。現場に着いた時、叛徒《はんと》どもはもう逃げ去っていた。ちょうど密偵から港に停泊中の船に怪しい動きがあると知らせがきて、ラザロスに様子を訊きに行ったら、おまえが王宮から逃げたという話を聞かされたんだ。密偵は、怪しげなふたり連れが船に乗り込んだと言っていた。おまえだということはすぐにわかった」

「そう、だったのですね」

自分はあっさり騙されただけなのに、レオニダスの行動は素早い。感心するというより、呆れてしまうほどだ。

でも、今は気持ちが通じ合ったことのほうが大事だった。

侑李は羞恥に駆られながらも、率先してレオニダスが軍装を解くのに手を貸した。

次々とよけいなものを取り去っていくと、鋼のように鍛えられた身体があらわになる。

胸や肩、腹、腕、いたるところにある古い傷跡に、侑李はひとつひとつ触れていった。

「珍しいな。おまえのほうも乗り気とは」

揶揄するように言われ、侑李は羞恥でさらに赤くなる。

「いけませんか？　いつもされるばかりですから、今日は私からもしたいです。そうじゃないと、いつまでもあなたには勝てない気がするので」

「なんだ、それは？　くくっ、まあいい。せっかくおまえからしてくれるというのに、断る理由はないな」

笑いながら答えるレオニダスにはまだまだ余裕が見られた。しかし、羞恥の極みにある侑李はもっと勇気が必要なようだ。

侑李は覚束ない手つきでレオニダスから着衣を剥いでいく。そうして、全裸になったレオニダスの胸を押して寝台に横たわらせた。

いつもしてもらっている手順を思い浮かべながら、レオニダスに快楽を与える。

だが、下肢の中央で存在を示すものを見て、ひときわ大きく心の臓を高鳴らせた。

レオニダスはすでに兆している。逞しいものが、侑李を欲しがるように硬く張りつめ、隆々と天を向いていた。

「レオニダス……様」

侑李は大きく息をついて、その剛直に触れた。

顔を近づけて口に咥えようとすると、レオニダスの手で止められる。

「おまえもその色気のない衣を脱げ。裸になって、俺の腹、いや、胸の上に跨がってくれ」

「！」

命じられた格好をちらりと想像しただけで、死にそうなほどの羞恥を感じる。

それでも侑李は懸命に、レオニダスの望みに応えた。

自らすべてを脱ぎ落とし、肌を薄紅に染めながら、そろりとレオニダスに近づく。

「んっ」

逞しい胸を跨ぐには、さらに勇気が必要だった。

「侑李。おまえだけだ」

レオニダスは甘く囁きながら、侑李の腰に手を添える。

誘導を受け、侑李は思いきって要望に応えた。

胸を跨いだので、おそらく秘所は丸見えだろう。これ以上ないほどの恥ずかしさだが、目の前にあるレオニダスの象徴を両手で包み込む。

そして、ふるりと揺れたものに、そっと口を近づけた。

思いきって硬い先端を咥え込むと、レオニダスが呻き声を漏らす。

それと同時に、腰骨をそろりと撫でられて、侑李はさらに大胆にレオニダスをのみ込んだ。

稚拙ながらも舌で刺激を与えると、剛直はますます硬く張りつめる。

「んっ、んんっ」

びくりと腰が震えたのは、恥ずかしい秘所にレオニダスの呼気を感じたからだ。

ぴちゃりと淫猥な音を立てながら、温かくぬめった舌が窄まりを舐め始める。

「んぅ、んっ、んく……んぅ」

両手で支え、懸命に口での奉仕を行っているのに、レオニダスに煽られるたびに身体中がびくびく震える。

狭い場所に指が侵入してきた時は、もうレオニダスを咥えていられないくらいだった。

弱い場所をくいっと指で抉られ、侑李はとうとうレオニダスから口を離した。

「ああっ、や、ああっ」

恐ろしいほどの快感が生まれ、甘い嬌声が上がる。

「もう終わりか？」

レオニダスは揶揄するように言うが、侑李はもう答えるどころではなかった。一方的に感じさせられるだけになり、もうそれは勝負にすらならない状態だった。

「ああ、ん……、ふく……ぅぅ」

長い指で内壁を擦られるたびに、淫らに腰が揺れる。身体中の熱が花芯に集中して、痛いほどに張りつめていた。

あとほんの少し刺激を受ければ、一気に極めてしまいそうだ。

「侑李、俺もそろそろ限界だ。こっちを向け」

レオニダスは甘い声で誘う。

侑李は朦朧としたままで、緩慢に身体の向きを変えた。

レオニダスに腰を支えられながら、もう一度獰猛に滾った剛直を手にする。

「あ、……んっ」

すべて自分でやり遂げる。そう決意していたにもかかわらず、腰から頽《くず》れてしまいそうだ。

「侑李、俺が欲しいのはおまえだけだ。おまえも同じ気持ちなら、それを示してくれ」

「レオニダス……様」

掠れた声でそそのかされて、侑李は熱に浮かされたように自分を支配する男の名を口にする。

そうして、愛する男と身体で繋がるために、蕩けた狭間に滾った剛直を宛がった。

「侑李、……ゆっくり腰を落とせ。ああ、その調子だ、うまいぞ」

「……くっ、レオ……ニダス……ぅくっ」

少しずつ少しずつ体重をかけて、巨大なレオニダスをのみ込んでいく。

身体中を引き裂かれるような怖さがあるのに、熱いレオニダスを奥深く迎え入れる歓喜で胸が震える。

生まれた国も育ちも違う。髪や目の色もまったく違う。

それでも目の前にいる男だけが、今の侑李のすべてだった。

最奥まで串刺された衝撃で、侑李はレオニダスの胸に倒れ込んだ。

すぐに長い腕がまわって、抱きしめられる。

「よく頑張ったな。全部おまえの中だ」

「うう、……っ」

宥めるように頭を撫でられて、侑李は涙を滲ませた。

懸命に目を見開くと、ごく間近から金の双眸が見つめていた。

誘うように少し開いた唇に、侑李はそっと自分のそれを重ねる。

優しく舌を絡める口づけは、泣きたくなるほどに甘かった。

レオニダスは口づけを続けながら、ゆっくりと腰を揺らし始める。

ほんの少し角度がずれただけで、頭頂まで突き抜けるような快感に襲われた。

「あ、んっ」

無理やり開かれているにもかかわらず、繋がった場所から蕩けるような甘さが生まれる。

レオニダスは徐々に動きを速め、そのたびに身体中が悦びで震えた。

「侑李、自分でも腰を動かしてみろ」

「そんな……恥ずかしい真似は」

「動かないなら、ずっとこのままでいるか？」

レオニダスはそう言ったとたん、腰の動きを止めてしまう。

しっかり奥までひとつになっているのに、それだけでは物足りなかった。

もっとめちゃくちゃにしてほしいのに。

そんなあられもない欲求が芽生え、侑李は我知らず狼狽した。

「さあ、侑李、どうした？」

下から誘うように腰を突き上げられる。

「うっ、うぅ……」

侑李はあっさり陥落し、自ら快楽を求めて腰を動かす羽目になった。

レオニダスの腹に両手をついて、ずるりと少しだけ楔を抜く。でも、敏感な内壁を擦られる快感で、思わずレオニダスを締めつけてしまう。

「さあ、もっとだ」

巧妙にそそのかされて、侑李は徐々に動きを速めた。

羞恥はとうに飛んでいる。

レオニダスの熱をもっともっと感じたかった。

一番深い場所までひとつに繋がって、溶け合ってしまえたら、どんなに幸せか……。

「ああっ、もう……あっ、レオ、ニダス……っ」

「くそっ、もう我慢がきかん」

大人しく侑李に任せきりだったレオニダスが、いきなり体勢を変える。

繋がったままで、身体が反転して、レオニダスは激しく動き始めた。

「あっ、あああ――っ、う、くぅ」

侑李は瞬く間に上り詰め、必死に愛する男にしがみつく。

そして身体の奥深くに熱い飛沫が叩きつけられたのを最後に、すうっと意識をなくした。

†

侑李はレオニダスと連れ立って、庭園の四阿を訪れた。

奴隷商人に捕らわれてレオニダスに助け出された事件から、半年ほど経っている。

ファルミオン王と側近との間で芽生えそうだった不和の種は、侑李の知らぬ間に払拭され、今の王宮内は以前より穏やかな空気が流れている。

おそらく何らかの話し合いがあったのだろう。

「結局のところ、あなたさえ押さえておけば、レオニダス様を動かすのに苦労がないことがわかりました」

ある日のこと、侑李と顔を合わせたラザロスは納得がいかないようにこぼした。

しかし、敬愛する王に背を向けられる愚は犯せないと、渋々ながらも侑李の存在を認めることにした様子だった。

武官のテオドロスは、王とともに戦う場があればそれで満足らしい。最近では野盗が出たとの知らせがあると、すかさず王を誘いにくる始末だ。

レオニダスも嬉々として出陣するのだから、それでいいのだろう。

レオニダスがあまりにも淡々としているせいで、最初は見誤っていたが、この微妙な距離間を保つ主従は、結局のところうまくいっているのだ。

侑李を助け出す目的で秦羅まで来た伯は、ファルミオン軍に入り、テオドロスの配下となっている。伯は侑李付き武官を望んでいたが、レオニダスが許さなかったのだ。

「陛下ともあろうお方が嫉妬とは、まったく……」

ラザロスがそうぼやいていたが、侑李に真相を知らされることはなかった。

四阿まで足を伸ばすと、レオニダスを慕う猛獣たちがいっせいに集まってくる。

「あっ、また増えてる！」

侑李は歓声を上げて、小さな個体に走り寄った。

雪豹が仔を二頭産んだあと、獅子や虎、黒豹までが負けじと仔を連れてきたのだ。

庭園で産まれたのは雪豹の仔だけで、他の仔はどこから連れてきたのか謎だった。

「こんなに小さいのが集まると、うざいな」

レオニダスは顔をしかめて言うが、行動は言葉を裏切っている。

突進してくる仔らを抱き留め、軽く投げ飛ばして遊んでやっている姿は微笑ましい。

侑李は擦り寄ってくる仔らの背中や頭、喉の下などを優しく撫でて、もふもふの感触を満喫する。

視界の端で追うのは、金色の髪を輝かせているレオニダスの動きだ。

逞しい男が猛獣たちと戯れている様は、いつまで見ていても飽きなかった。

†

新生ファルミオン帝国の軍は、砂塵を巻き上げながら鐘国の長城を目指していた。

先頭を駆けるのは黄金の髪の帝王レオニダスと、その伴侶である黒髪の朱侑李だ。

こたびの親征は鐘国の侵略ではなく、威圧だけが目的だった。

皇帝が弑逆されたあと、鐘国では内乱が続いている。圧倒的な力を持つ外敵として国境に迫れば、鐘国とて内乱にかまけてはおれなくなると目論んでのことだった。

未来は混沌として、この先どうなっていくのかは誰にもわからない。

侑李が願うのは、民が少しでも幸せに暮らせる世界。それだけだ。

「侑李、行くぞ」

「はい」

金髪の帝王の呼びかけに、侑李はやわらかな笑みとともに答えた。

煌めく蒼穹の下、ふたり並んでどこまでも駆けていく。

それだけが侑李の望みだった。

あとがき

こんにちは。秋山《あきやま》みち花《か》です。

【愛寵皇子 - 征服王に囚われて - 】をお手に取っていただき、ありがとうございます。

中華風のワールドで、西域から来た若き征服王と、美貌の皇孫が敵同士として運命の出会いを果たす。こんなお話でしたが、いかがだったでしょうか？

今回あとがき3Pとのことで、まずは制作時の余談から。

担当様との打ち合わせで、新作のテーマは「陵辱」となりました。作者は見かけによらず小心者で、陵辱ものは今まで数えるほどしか書いておりません。「え？　嘘だろって？」「あ、ほんとだ。何作か、いや、もっとか、書いてましたね」途中で副音声が入ってしまいましたが、テーマ「陵辱」はやはり数が少ないかも。最近は甘々溺愛ものを書くことが多かったので、いやあ、プロット段階から苦労しましたよ。ただの陵辱は作者的にNGです。何か隠された理由がないと駄目ですね。それと、幼気な子供を陵辱するのも駄目です。というわけで、ヒロインは「くっ殺さん」に決定。最近流行ってますよね。以前は「ツンクール」カテゴリーだったかも。「ツンデレ」はちょっと違うかな。

とにかくヒロインは凛として美しい人。簡単に屈服しては駄目なわけです。初稿を書き出して、いや、そのさじ加減にも苦労しました。ほんと、途中で何度も諦めかけたのですが、そのたびに担当様の甘〜い飴と鞭で、なんとか書ききることができた次第です。

実のところ、担当様には「くっ殺ですから、もっと……」とは言ってなかったのですが、イラスト指定の打合せで、自然と「ここはくっ殺でBLでも言うんですね。うん、今まで知らなかったです。というわけで、その後の打合せには「くっ殺」が飛び交うことに……。うまく書けているといいのですが……。

さて、ヒロインに話題が集中してしまったので、少し攻め主人公のことをお話しします。

攻めの「征服王さん」は「奴隷王」とも呼ばれており、色々と王様らしくないところがあります。でも作者的には「スパダリ」様です。うん、こういう人を旦那様にすると、とても幸せになれると思うのです。生みの親としては、レオニダス様イチオシです。

脇役には各種モフモフたちに登場してもらいました。もう節操なしです。主要な猫科大型の猛獣は全部出演といった勢いです。残念ですが、ストーリー上でメインを張ることはないのですが、少しでも癒やしになれば幸いです。

イラストは光栄にも、蓮川愛《はすかわあい》先生にお願いすることができました。とっても美麗なラフを何枚も描いてくださって、本当にありがたかったです。担当様からPDFが送られてくるたびに、「鼻血出ますよ」とのコメント付き。そしてラフを拝見して、ほんとに鼻血が出そうになりました。あとがきを書いている現在、まだ完成イラストは拝見していないのですが、出来上がりがすごく楽しみです。本書をお買い上げくださった読者様は、すでに堪能していただけたかと思いますけれど。

蓮川先生、お忙しいなか、本当にありがとうございました！

本書の執筆中、色々ありまして、初稿の提出がかなり遅れてしまいました。挫折するたびに、担当様には親身に励ましていただき、頭が上がりません。ありがとうございました。

本書の制作に携わってくださった多くの方々にも、お礼を申し上げます。

最後になりましたが、いつも応援してくださる読者様、そして本書が初めてという読者様も、多くの小説の中から本書をお選びくださって、本当にありがとうございました。

ご感想やご意見など、お待ちしておりますので、よろしくお願いします。

そして、また次の作品でもお会いできれば嬉しいです。

秋山みち花　拝

「ファルミオンの奴隷王」が心に刺さりまくり、思わず描いてしまった私です(尊…笑)。
モフモフもたくさん描けて楽しかったです♡　ありがとうございました！

…………by 蓮川 愛

初出一覧

ダリア文庫をお買い上げいただきましてありがとうございます。
この本を読んでのご意見・ご感想・ファンレターをお待ちしております。

〒170-0013 東京都豊島区東池袋3-22-17　東池袋セントラルプレイス5F
(株)フロンティアワークス　ダリア編集部
感想係、または「秋山みち花先生」「蓮川 愛先生」係

この本のアンケートはコチラ!
http://www.fwinc.jp/daria/enq/
※アクセスの際にはパケット通信料が発生致します。

愛寵皇子 -征服王に囚われて-

2019年10月20日　第一刷発行

著者
秋山みち花
©MICHIKA AKIYAMA 2019

発行者
辻 政英

発行所
株式会社フロンティアワークス
〒170-0013 東京都豊島区東池袋3-22-17
東池袋セントラルプレイス5F
営業　TEL 03-5957-1030
編集　TEL 03-5957-1044
http://www.fwinc.jp/daria/

印刷所
中央精版印刷株式会社

本書のコピー、スキャン、デジタル化等の無断複製、転載、放送などは著作権法上での例外を除き禁じられています。本書を代行業者の第三者に依頼してスキャンやデジタル化することは、たとえ個人や家庭内での利用であっても著作権法上認められておりません。定価はカバーに表示してあります。乱丁・落丁本はお取り替えいたします。